散文詩集 庭師

ラビンドラナート・タゴール
内山眞理子 訳・解説

未知谷
Publisher Michitani

序文

これらは愛と人生をつづる抒情詩であり、ベンガル語からわたし自身が英訳した。英語散文詩集『ギーターンジャリ』に収録した宗教的な作品群よりも前にあらわしたものである。英訳はかならずしも直訳ではなく、抄訳あるいは意訳されている。

ラビンドラナート・タゴール

散文詩集

庭師

W・B・イェイツにささぐ

1

僕《しもべ》　わたしに慈悲をたまわりますように、わが女王さま。
女王　会議はおわりました。僕たちはみなさがっています。こんなに遅くなって、いったいなんの用ですか。
僕　ほかのものたちへの申しつけがすめば、こんどはわたしの番です。さいごの僕として女王さまにおたずねします、わたしにどんなご用が残っていますか。
女王　おまえはなにを考えているのか。
僕　わたしを花園の庭師にお命じください。
女王　たわごとを申してはなりません。
僕　ほかの仕事にはつきたくないのです。いま、剣も弓矢もわたしに何の用がありましょうか。遠い国におつかわしになり、あらたな勝利をお命じになるのは、もうおわりにしていただきたい。わたしを花園の庭師にお命じください。
女王　では、おまえはどんな仕事をしようというのか。
僕　女王さまのおひまな日のために働きましょう。草深い小道を朝、気持ちよく散歩ができるよう清めておきます。おみ足にふれようと、花たちは死をも厭《いと》わず、競って女王さまをたたえることでしょう。
女王さまのために七葉樹[*1]の枝にブランコをしつらえ、お乗りになればゆらしてさしあげます。はやばやと空に浮かぶ夕月が、裳裾《もすそ》に口づけしようと木の葉をぬってしのびよることでしょう。
寝台のわきに燃えるランプを香りのよい精油でみたしましょう。白檀やサフランの絵の具で、女王さまの足台を美しい図柄で飾りましょう。

女王　褒美《ほうび》に何をうけとらせましょうか。

僕　お許しのもと、その蓮華の蕾《つぼみ》のようなこぶしをあずけてくださるなら、手くびに花輪をたらしてさしあげましょう、おみ足をアショーカ[*2]の花の赤い汁でいろどれば、舞いあがる砂塵も、女王さまの足裏にそっと口づけしては去ってゆくでしょう。

女王　願いはききとげられました、わが僕よ。おまえはわたしの庭師になるがよい。

＊1　シチヨウジュ。樹高が三十メートルにもなる常緑高木。七枚前後の長楕円形の葉を輪生状につける。枝先に、淡緑色の多数の小さな花がひとかたまりとなって咲き、花は芳香に富む。樹皮に有毒成分を含む。

＊2　ムユウジュ（無憂樹）とも。花の色は豊穣をあらわす赤橙。太古より人間と深いかかわりをもつ樹木で、インド細密画に好んで描かれ、とりわけ女性の願望をあらわす題材として知られる。花の蕾には栄養があり、一年のおわりに食すると悲しみをとりのぞくと伝えられる。仏教三大聖樹のひとつ。

2

「詩人よ、夕暮れが迫っている、きみの髪は白くなってゆく。きみは孤独な瞑想のなかで来世の言伝《ことづて》をきいているのか」

「夕暮れは」と詩人は語りはじめた。

「どんなに遅くなってもわたしは、村のほうからだれかが呼んでいるのではないかと耳をすましています。

若いひとたちの彷徨《さまよ》う心と心が出あうとき、その沈黙をやぶって呼びかける音楽を、かれらが激しく求めているのではないかと気になるのです。

わたしが人生という河の畔《ほとり》にすわって、死と彼岸《ひがん》のことに専念するなら、かれらの情熱の歌をいったいだれがうたうのでしょうか」

「夕べにひかる、いちばん星はきえてゆきます。

あかあかと燃えあがる火葬の薪《まき》は、沈黙する河の傍《そば》で、ゆっくりと燃え尽きます。

くたびれた月のあかりに、荒れ果てた家の中庭でジャッカルの群れがいっせいに吠えたてます。

家を捨てて彷徨《さまよ》うひとが一夜をあかそうとここに来て、うなだれたまま暗闇のささやきに耳をすますとき、もしわたしが死すべき人間の縛りから解脱《げだつ》しようと、扉をかたく閉ざしているなら、いったいだれがそのひとの耳に生命の秘密を囁《ささや》くでしょうか」

「わたしの頭が白髪になったとてそれはとるにたらないことです。わたしはこの村のもっとも若い人とおなじように若く、もっとも年老いた人とひとしく年寄りです。

飾りけなく優しく微笑《ほほえ》む人もいれば、その双眸《そうぼう》にずる賢さをもつ人だっています。

昼ひなかに涙をながす人もいれば、暗がりに涙をそっとかくす人もいるのです。

かれらはみなわたしを求めています、だからわたしには来世のことに考えをめぐらすひまがないのです。

わたしはどのだれとも同じ歳です、ですからわたしの髪が白くなっても、それはなんでもないことなのです」

3

朝、ぼくは海に網を打った。

底知れぬ暗い深みから、ぼくはふしぎなかたちの、さまざまな美しいものを引きあげた。微笑《ほほえ》みのように光るもの、涙のように煌《きら》めくもの、花嫁の頬のようにあかく染まるものもあった。

その日の重い荷物をかついでぼくは家へもどった。すると愛する人は庭にすわって、所在なさそうに花の茎から葉っぱをちぎりとっていた。

一瞬ためらったが、引きあげたものすべてを彼女の足もとにひろげて、ぼくは黙って立っていた。

それらをちらりと見て彼女は言った。「なんて変なものばかりでしょう。どんな使いみちがあるっていうの」

ぼくは恥じ入ってうなだれ、「どれも、欲しくて奪いとってきたものじゃない、市場で買い求めたわけでもない、けれど彼女には似合わない贈り物だった」と考えた。

夜どおしかけて、ぼくは、それらをひとつずつ通りへ運んでは投げ捨てた。

朝になると旅人たちがやって来て拾いあげ、遠い国ぐにへ運んでいった。

4

いったいどうしてかれらは、市場の町へむかう道のそばにぼくの家を建てたのか。

かれらはわが樹木という樹木に、荷積みの船をつないでいく。

行ったり来たりして、かれらは勝手にうろつきまわる。

ぼくはじっとすわってかれらを見張り、わが時はすぎてゆく。

かれらを追い払うことはできない。こうしてぼくは日を重ねる。


昼も夜もわが戸口に、かれらの足音が響く。

「おまえたちのことなど知らないぞ」と叫んでも無駄《むだ》なのだ。

指が、鼻腔が、ぼくの体を巡る血潮が知っているものもいれば、さらに夢のなかで馴染《なじ》みになったものもいる。

かれらを追い払うわけにはいかない。ぼくはかれらに呼びかける。

「望まれるならどなたでもわが家に。ええ、どうぞお寄りください」

明け方、寺院の鐘が響く。

かれらは手に手に籠《かご》を持ってやって来る。

かれらの足はバラ色に染まっている。朝日がかれらの顔を照らす。

かれらを追い払うわけにはいかない。ぼくは呼びかける。

「庭に来て花をお摘《つ》みください。こちらにどうぞ」


昼になると宮殿の門で銅鑼《どら》がなる。

なぜかれらが仕事をやめて、わが家の垣根のあたりをうろうろしているのかぼくにはわからない。

かれらの髪にさした花は色褪《あ》せて萎《しお》れている。かれらの笛の音はもの憂げに響く。

かれらを追い払うことはできない。ぼくはかれらを呼んで言う。「わが家の涼《すず》しい木陰《こかげ》にどうぞ、さあ、みなさん」


夜になると森で蟋蟀《こおろぎ》が鳴く。

わが戸口にそっとやって来て、おもむろにノックするのはいったいだれか。

ぼくはぼんやりとその顔をみるが、言葉はなく、空の沈黙があたりを覆《おお》うばかりだ。

押《お》し黙《だま》る客を追い払うことはできない。ぼくは暗闇をとおしてその顔をみる。こうして夢のような時間が過ぎてゆく。

5

ぼくは落ち着かない。ぼくは遥《はる》かなものに思い焦がれている。

ぼくの心は、遥か遠くの裳裾《もすそ》にわずかにも触《ふ》れたくて出かけてゆく。

遥かなものよ、あなたの呼びかける、するどい笛の音よ。

忘れている、すっかり忘れている、ぼくに飛ぶ翼はなく、ひとつの土地に縛《しば》られている。


ぼくは乞い求めるがゆえに目覚《めざ》めていて、それにぼくは見知らぬ土地の余所者《よそもの》にすぎない。

あなたの息吹きが、かなわぬ希望を囁《ささや》き掛けてくる。

あなたの言伝《ことづて》はわが胸に、ぼく自身からほとばしり出たものであるかのように親しく響く。

求めるにはあまりに遠いものよ、呼び掛けるあなたのするどい笛の音よ。

忘れている、すっかり忘れている、ぼくが道を知らないことを、ぼくが翼の馬を持たないことを。


気力なく、ぼくは心のなかで彷徨《さまよ》う。

もの憂《う》い時が過ぎてゆき、陽光の靄《もや》の向こうの、青い空にあらわれるあなたの姿は、なんと
　壮大なことか。
遥かに遠い地平線の果てよ、呼び掛けるあなたのするどい笛の音よ。
忘れている、すっかり忘れている、ひとりぼっちで住むこの家では、すべての戸口が閉ざさ
　れていることを。

6

飼《か》い馴《な》らされた鳥は鳥籠《かご》に、自由な鳥は森にいた。
かれらはあるとき、運命のように出あった。
自由な鳥が呼び掛ける、「恋人よ、いっしょに森へ行こう」
鳥籠の鳥が囁《ささや》く、「いいえ、ここがいいの。鳥籠のなかで暮らしましょう」
自由な鳥が言う、「鳥籠をかこう細い棒のなかで、どうやって翼をひろげるんだ」
「だけど空では」と鳥籠の鳥が言う、「いったいどこで翼を休めるの」

自由な鳥が言う、「恋人よ、森の歌をうたってみて」
鳥籠の鳥が言う、「わたしのそばに来て、教わったことを話してあげる」
森の鳥が叫ぶ、「だめだよ。歌は教わるものじゃない」
鳥籠の鳥が言う、「なんてこと、わたしは森の歌なんか知らないわ」

たがいに求めあって愛の情熱は燃えあがったが、かれらが翼を並べて飛ぶことはけっしてなかった。

鳥籠をおおう細い棒の間から見詰めあい、たがいにもっと親しくなりたいと、むなしく願った。

たがいに求めあっては翼をばたつかせ、「もっとそばに来て、愛するものよ」とうたいあった。

自由な鳥が言った、「どうしてもむりだ、鳥籠に固い扉がある限り」

鳥籠の鳥が呟《つぶや》いた、「もう翼に力が入らない。力が尽きてしまった」

7

お母さま、若い王子さまが家の前を通って行かれるのよ、今朝は仕事が手につかないわ。

髪をどうやって編んだらいいの、どんな服を着ましょうか。

お母さま、どうしてそんなに驚いて、わたしをごらんになるの。

ええ、わかっていますとも。窓辺に佇《たたず》むわたしなど、王子さまは一瞥《いちべつ》もなさらないのを。わたしの目の前を一瞬のうちに通り過ぎてしまわれて、啜《すす》り泣くような笛の音だけが遠くへ消えていくのね。

けれど王子さまは、わたしたちの前を通って行かれるのよ、わたしはその一瞬のために、とびっきりの服でお迎えしたい。

お母さま、本当よ、若い王子さまがわたしたちの前を過ぎて行かれました、朝日が王子さまの馬車に照り返して輝きました。

わたしは顔にかけたベールをずらしてルビーの首飾りをはずし、王子さまの道に投げだしたわ。

お母さま、どうしてそんなに吃驚《びっく》りしてごらんになるの。

ええ、わかっていますとも、王子さまは首飾りを拾いあげたりなさらなかったし、首飾りは馬車の車輪に潰《つぶ》されて土に赤い染みをつけただけでした。わたしの贈り物が何だったのか、だれのためだったのか、知る人などいません。

だけど若い王子さまがお通りになったのよ、すぐそばを。王子さまの道に、わたしはこの胸の宝石を投げ出しました。

8

寝台の傍《わき》のランプが消えたとき、わたしは明け方の鳥たちとともに目覚めた。

わたしは開け放った窓際にすわって、解《ほど》いた髪に摘《つ》んだばかりの花をつけた。

若い旅人が、バラ色の朝霧のなかを近づいた。

首に真珠の首飾りがゆれ、頭上には陽の光が輝いていた。かれは扉の前で立ち止まると、わたしを問いつめた。

「あの女《ひと》はどこにいますか」

気おくれして、わたしは言えなかった、「わたしです、旅人よ、わたしなのです」と。


夕暮れだった、ランプは灯《とも》っていなかった。

気が乗らないままに、わたしは髪を編み込んでいた。

日没の輝きのなかを、若い旅人は馬車に乗ってやって来た。

馬たちは口に泡をふき、かれの服は土埃《つちぼこり》に塗《まみ》れていた。

わが戸口におりたつと、疲れた声でたずねた、「あの女《ひと》はどこですか」

恥ずかしくてわたしは言いだせなかった、「わたしです、疲《つか》れきった旅人よ、わたしなのです」と。


四月の夜、部屋にランプがもえている。

南風が優しく吹き過ぎる。騒《さわ》がしい鸚鵡《おうむ》は鳥籠のなかで眠っている。

わたしの胴着は孔雀《くじゃく》の喉《のど》のような群青色、わたしのマントは若草のようなみどり色。わたしは窓辺の床にすわり、人かげのとだえた通りを見つめる。

夜の闇に、わたしは囁《ささや》き続ける、

「わたしです。望みを捨てた旅人よ、その女《ひと》はわたしなのです」と。

9

夜、独《ひと》りわたしは恋人に会いに出かける。鳥は鳴かず、風はそよともせず、通りのどの家にも音ひとつない。

一足《ひとあし》ごとに、わたしの足飾りの音が大きくなって、わたしは恥ずかしい。

バルコニーにすわって、わたしはかれの足音に耳をすます。樹々はひっそりとし、河の水は、眠りこけた歩哨《ほしょう》の膝《ひざ》におかれた刀のように沈黙している。

音を立てているのは胸の鼓動なのに、それを鎮《しず》める術《すべ》がわからない。

わたしの愛する人が来て傍《そば》にすわると、わたしの体は震《ふる》え、わたしは目を伏《ふ》せる。夜が深まって風がでると、ランプの火が消えて雲が空の星をおおう。

光り輝くものはわが胸の宝石だ。わたしはそれを隠すことができない。

10

花嫁さん、仕事をやめて。お客が来ましたよ。

扉にかけた鎖をそっと揺《ゆ》すっているのが聞こえるでしょう。

踝《くるぶ》し飾りがむやみに音をたてないよう、客を迎えるとき足音を響かせないよう、気をつけて。

花嫁さん、仕事をやめてください、夕暮れのお客が来ましたよ。


いいえ、あれは幽霊の風の音なんかじゃない、怖がらないで。

きょうは四月の満月の夜、空は澄《す》み渡り、青い月影が中庭に溢《あふ》れている。

きみが望むなら顔をベールで覆《おお》って、不安ならランプを手に持って、扉の所に行ってください。

花嫁さん、あれは幽霊の風の音なんかじゃない、怖がらないで。


恥ずかしいなら何も言わないで、ただ扉のわきに立って客を迎えたらよいのです。

もし客が何かたずねても、きみが望まないなら黙って下を向いていればよいのです。

ランプを手に持ってお通しするときは、きみの腕輪をじゃらじゃらいわせないで。
恥ずかしいなら黙っていればよいのです。

仕事はまだ終らないの。お客が来ましたよ。
牛小屋のランプの灯がまだ点《つ》いていないの。
夕べのお祈りの、供《そな》え籠《かご》の支度がまだなの。
前髪の分け目の、吉祥《きっしょう》の赤い印も、夜の身支度《みじたく》も、まだ整っていないっていうの。
花嫁さん、お客が来ましたよ。仕事を放ってください。

11

そのままおいで、身繕《みづく》ろいに手間取《てまど》っていないで。

編んだ髪が解《ほつ》れても、髪の分け目が真直《まっす》ぐでなくても、胴着の紐が締まっていなくても気にしないで。

そのままおいで、身繕ろいに手間取っていないで。


おいでよ、草の上を小走りに駈《か》けて。

きみの足裏を染めた紅が朝露に溶《と》け落ちても、踝《くるぶ》し飾りの鈴が緩《ゆる》んでも、きみの首飾りから真珠が毀《こぼ》れ落ちても気にしないで。

駈けておいで、草の上を。


ごらん、雲が空を覆《おお》うのを。

鶴の群《む》れが遠くの河堤から舞いあがり、突風が葦原を吹き過ぎる。

怯《おび》えた牛の群れが、村の牛小屋のほうへ走りだす。

雲が空を覆うのを、きみは見たかい。


化粧台のランプに灯《ひ》を点《とも》そうとしても、たちまち風が吹き消してしまう。

カジョル*が引かれていなくても、だれも気付きやしない。きみの瞳は、暗い雨雲よりも深いのだから。

きみは化粧台のランプを点《つ》けようとするが、灯はすぐに消えてしまう。


そのままおいで。お化粧に手間取っていないで。

花輪が編み上がっていなくても、だれも気にしない。腕輪の鎖が外れたままでも、放っておけばいい。

空は雲に覆われて、時が過ぎた。

そのままおいで、今すぐに。

＊　目のまわりにほどこす黒墨色のアイライン。

12

きみの水甕《みずがめ》をすぐに満たしたいなら、来るといい、ぼくの湖に。

水はきみの足に纏《まと》い付き、水の秘密を囁《ささや》くだろう。

近づく雨の黒い影が岸辺の砂地を覆い、黒雲は遠い木立ちの青い帯へと低く垂れこめている、
　豊かな黒髪がきみの眉まで迫り来るように。

きみの足どりのリズムはわかっているよ、ぼくの胸の鼓動に伝わるから。

来るといい、ぼくの湖に。きみの水甕を満たさなければならないなら。


きみが気怠《けだる》く気力なく、ただすわって、水甕を水に浮かべていたいなら、ぼくの湖に来ると
　いい。

草深い土手の斜面に、野の花が咲き乱れている。

鳥たちが巣から飛び立つように、きみの思いはその黒い瞳から彷徨《さまよ》い出ることだろう。

きみのベールは足元に滑《すべ》り落ちて。

来るといい、ぼくの湖に。きみがただ曖昧《ぼんやり》とすわっていたいなら。

戯《たわむ》れを切りあげて、水に飛び込みたいなら、来るといい、ぼくの湖に。

きみの青いマントは岸辺に放っておいて。青い水がきみを包み、きみを隠してくれるだろう。

細波《さざなみ》が密《ひそ》かに、きみの首筋に口づけしようと寄せてきて、きみの耳に囁《ささや》き掛けるだろう。

来るといい、ぼくの湖に。きみが水に飛び込もうと思うなら。


もしも気がおかしくなって、きみが身投げしたくなったとしたら、来るといい、ぼくの湖に。

それは冷たく、計《はか》り知れないほどに深い。

夢のない眠りのように暗い。

その深みでは夜も昼もひとつだ。そして歌は沈黙している。

来るといい、さぁ、ぼくの湖に。もしもきみが身投げしたくなったとしたら。

13

ぼくは何も求めなかった、ただ森の傍《そば》の木に隠れるように立っていた。

明け方は気怠《けだる》さを残し、大気は露《つゆ》を含んでいた。

霧がうっすらと地上を覆って、湿り気をおびた草の匂《にお》いが漂《ただよ》っていた。

バンヤンの樹*1のしたで、あなたは牛の乳を搾《しぼ》っていた、取れ立てのバターのように軟《やわ》らかい手で。

ぼくはじっと立っていた。


ぼくは何も言わなかった。

姿は見えないが茂みの奥で囀《さえず》る鳥がいた。

村の道にたつマンゴー*2は花盛りで、蜜蜂《みつばち》がぶんぶんいいながら飛《と》び交《か》っていた。

池の淵《ふち》にシヴァ神を祀《まつ》る寺院があり、開いた門から礼拝者の聖句を唱《とな》える声が聞こえはじめた。

あなたは膝《ひざ》に器をのせて、牛の乳を搾っていた。

ぼくは、空《から》の缶を持って立っていた。

ぼくはあなたに近づかなかった。
寺院の銅鑼《どら》がなり、空が目覚めた。
引かれて行く家畜の蹄《ひづめ》が道を蹴《け》り、土埃《つちぼこり》が舞い立った。
女たちが腰に水甕《みずがめ》を抱え、水をごぼごぼいわせながら河から戻って来た。
あなたの腕輪がなっていた、そして乳の泡が器の縁《ふち》に溢《あふ》れた。
朝がゆっくりと過ぎていった。ぼくはあなたの傍《そば》に行かなかった。

＊1　ベンガル菩提樹ともいわれる聖樹。枝からつぎつぎに気根を垂らし、気根は土にいたると地中へと深く伸びて、やがて新しい木の幹となる。こうして歳月を経た巨樹は、森のように見える。
＊2　インド原産。花は小さく淡黄色で、花柄の先に小さな花がかたまって咲く。花期は三月で、えもいわれぬ濃厚な芳香を放つ。

14

わたしは理由《わけ》もなく道を歩いていた、昼を過ぎると風に竹林がさやさやと音をたてた。
平伏《ひれふ》す影がその腕を延ばして、走り去ろうとする光の足にしがみついた。
コーキラ*は消耗《くたび》れて歌をうたわなくなった。
わたしは理由《わけ》もなく、道を歩いていた。

水際《みずぎわ》に小屋があり、樹々が覆《おお》い被《かぶ》さるようにして陰をつくっている。
仕事に精を出すひとりの女性がいた。そのひとの腕輪が音楽のように響いていた。
理由《わけ》もなく、わたしはこの小屋の前に立った。

曲がりくねった細い道が、いくつもの芥子菜《からしな》畑や、マンゴーの林を縫《ぬ》って続く。
わたしは村の寺院の傍《わき》を通り、河の舟着き場にある市場を過ぎていった。
わたしは理由《わけ》もなく、この小屋の傍《そば》に立った。

何年も前の、微風《そよかぜ》の吹く三月だった。春の囁《ささや》きは物憂《ものう》げで、土の上にマンゴーの花が散り続けた。

水は細波《さざなみ》をたて、舟着き場の階段に置かれた真鍮《しんちゅう》の甕《かめ》をなめるかのように打ち寄せた。

理由《わけ》もなくわたしは、微風の吹く三月のその日のことを思う。


陽のかげがしだいに濃くなって、牛たちは牧舎へ戻って行く。

寂しくなった牧場に光は暗く翳《かげ》り、村人たちは河縁《かわべり》で渡し舟を待っている。

理由《わけ》もなくわたしは、もと来た道をゆっくりと戻っていく。

＊ カッコウの一種。春から夏、そして雨季に森や野で、森の王者を思わせる力づよい声で鳴く。とりわけ花咲くマンゴーの樹を好み、その鳴き声はあたかも音階をなぞるかのようにリズミカルで魅惑的である。

15

森の小暗《おぐら》いかげをおのれの香りを狂おしく求めて走るジャコウジカのように、ぼくは走る。

五月さなかの夜、南から微風《そよかぜ》が吹いている。

ぼくは道に迷って彷徨《さまよ》う。得られないものを求め、求めないものをぼくは得る。


わが心から、おのれの欲求がつくる形があらわれ出ては踊る。

光り輝く幻影が飛び廻る。

それをしっかりと摑《つか》もうとするが、それはぼくを躱《かわ》して逃げ、ぼくは道に迷ってしまう。

ぼくは得られないものを求め、求めないものをぼくは得る。

16

手に手が重なり、目と目が見詰めあい、こうしてぼくらふたりの心の記録は始まる。

三月は月のあかるい夜、ヘンナ[*1]の甘い香りが漂《ただよ》い、ぼくの笛は放ったままで、きみの花輪はまだ編み上がっていない。

きみとぼくのこの愛は、歌のように単純だ。


きみのサフラン色のベールはぼくの目を魅惑する。

きみの編むジャスミン[*2]の花輪は讃歌のようにぼくの心を震《ふる》わせる。

それは、与えては取り上げ、見せては隠《かく》す戯《たわむ》れ。ここにはいくらかの微笑《ほほえ》み、僅《わず》かな羞《は》じらい、それにたあいのない甘い争いがある。

きみとぼくのこの愛は、歌のように単純だ。


この瞬間を超える神秘はなく、どうにもならないことへの努力はなく、魅力の背後《うしろ》に影はなく、闇の深さへの手掛かりを求めたりもしない。

きみとぼくのこの愛は、歌のように単純だ。

ぼくらは、あらゆる言葉を超えた沈黙のなかに迷い込んだりはしない。希望の彼方《かなた》にあるものを求めて、両手を無限の虚空へ差し延べたりもしない。

与え、手に入れるもので、ぼくらは充分なのだ。

ぼくらは、その喜びを犠牲にして、そこから痛みのワインを絞《しぼ》り出そうとはしなかった。

きみとぼくのこの愛は、歌のように単純だ。

＊1　アーユルヴェーダの効用で知られる。花房は官能的ともいえる芳香をはなち、化粧水や香水につかわれてきた。婚礼の前夜はしばしばヘンナの夜と呼ばれ、葉をペースト状にした絵の具で花嫁の手足に図柄が描かれる。

＊2　和名は茉莉花、ベンガル語でモッリカ。清らかな芳香があり、朝の礼拝に捧げる花輪を編む。

17

黄色い鳥が木の上で囀《さえず》って、ぼくの心を愉《たの》しく踊らせる。

ぼくらふたりは同じ村に住む。それはぼくらのひとつの悦《よろこ》び。

彼女は二匹の子羊を飼っていて、子羊はわが家の庭に忍び込んで木陰で草を食《は》む。二匹がわが家の大麦畑に迷い込むと、ぼくは両腕で子羊を抱きあげる。

ぼくらの村の名はコンジョナ、村を流れる川の名はオンジョナ。

ぼくの名を村のだれもが知っていて、彼女の名はロンジョナ。


ぼくらふたりの間に野原がひとつ。

わが家の木立ちに巣を作った蜜蜂は、彼女の家の木立ちで蜜を集める。

彼女の家の沐浴場《ゆあみば》に花を投げ入れると、流れに乗って花は、わが家の沐浴場に届く。

彼女の家の畑でとれた乾いたクシュム*1の花籠《はなかご》が、ぼくらの市場に並ぶ。

ぼくらの村の名はコンジョナ、村をながれる川の名はオンジョナ。

ぼくの名を村のだれもが知っていて、彼女の名はロンジョナ。

彼女の家へと続く道は曲がりくねって、春になるとマンゴーの花の香りが満ち溢《あふ》れる。
彼女の家の亜麻仁がみのると、ぼくの家の畑で麻が花をつける。
彼女の家に微笑《ほほえ》む星々の輝きは、そっくりそのままわが家に降り注《そそ》ぐ。
彼女の家の溜池《ためいけ》を溢れさせる雨は、わが家のカダムバ[*2]の林を潤《うるお》す。
ぼくらの村の名はコンジョナ、村を流れる川の名はオンジョナ。
ぼくの名を村のだれもが知っていて、彼女の名はロンジョナ。

＊1　赤や黄の花が咲き、生薬や染料として利用されるベニバナと思われる。インド亜大陸全域で栽培される。
＊2　笛を吹く牧童クリシュナ神がこよなく愛する樹木。ベンガル語ではコドム。モンスーン到来の頃に咲き始める花は、夜の訪れとともに開花し、酔うような芳香をはなつ。

18

ふたりの姉妹が水を汲《く》みに行く。ふたりはこの場所に来ると莞爾《にっこり》する。水を汲みに行くふたりは、木の背後《うしろ》にいつもだれかがいると気づいたに違いない。

ふたりはこの場所を通るとき、ひそひそと囁《ささや》きあう。水を汲みに行くうち、木の背後《うしろ》にいるだれかの秘密を探《さぐ》り当てたに違いない。

この場所に来ると、ふたりの水甕《みずがめ》がふいに揺《ゆ》れて水が零《こぼ》れる。木の背後《うしろ》にいるだれかの心臓がどきどきいうのが、わかっているに違いない。

この場所に来ると姉妹はたがいに目を見合わせて、莞爾《にっこり》する。

ふたりは足早になって笑い声をあげる。ふたりが水を汲みに行くとき、きまって木の背後《うしろ》にいる者の心をどぎまぎさせる。

19

溢れるばかりの水甕《みずがめ》を腰に抱えて、あなたは川の土手を歩いていた。

あなたはなぜ、顔をすばやくわたしにむけ、ひらひらする薄いベールを通してわたしを窺《うかが》ったのか。

ベールの陰から見詰める眼差しの煌《きら》めきは、微風のように細波《さざなみ》を立たせ、その震《ふる》えを薄暗い岸辺へと吹き飛ばした。

それは、黄昏《たそがれ》の鳥が開け放った窓から灯りのない部屋に飛び込むや、周章《あわ》てて別の部屋を横切って夜の闇へと消え去るように、わたしを襲《おそ》った。

あなたは星のように丘の彼方《かなた》に隠れているが、わたしはひとり道を行く。

だが何故《なぜ》あなたは、溢れるばかりの水甕を腰に抱えて川の土手を歩き、一瞬立ち止まって、ベールを透かしてわたしの顔を一瞥《いちべつ》したのか。

20

来る日も来る日も、その人はやって来ては去って行く。

友よ、わが髪に挿《さ》す花を、その人に差し上げてください。

もしその人が、花をくれたのはだれかと問うても、どうかわたしの名を言わないで。なぜなら、その人はただやって来て、去って行くだけだから。


その人は樹下の土埃《つちぼこり》に坐《すわ》る。

友よ、そこに花や木の葉を敷《し》いてあげてくれませんか。

その人の目は憂《うれ》いをおび、その目はわが心に悲しみを連れて来る。

その人は精神《こころ》の想《おも》いを語らない。その人はただやって来て、去って行く。

21

かれはなぜわが戸口を選んだのか、その日が明けたばかりのときに、彷徨《さまよ》い巡る若者は。

わたしは出入りするたびに、かれの傍《そば》を通り過ぎ、わが目はかれの顔に引き寄せられる。

かれに話し掛けるべきか、無言でいるべきか、わたしにはわからない。なぜかれはわが戸口を選んだのか。

雲に覆《おお》われた七月の夜は暗い。秋の空は軟《やわ》らかな青だ。春の日々は南風が吹いて軽やかに弾《はず》む。

その時どきにいつも、かれは新しい旋律で歌を紡《つむ》ぐ。

わたしは仕事を止め、わが目に涙が込み上げる。なぜかれはわが戸口を選んだのか。

22

彼女が足早《あしばや》に通り過ぎたとき、裳裾《もすそ》がわたしに触《ふ》れた。

心に浮かぶ見知らぬ島から、春の暖《あたた》かい息吹《いぶき》が届いた。

その軟《やわ》らかい羽搏《はばた》きはわたしにそっとひとふれして、その瞬間に消え去った。風に引きちぎられた花弁が舞うように。

それは、彼女の体の溜め息と心の囁《ささや》きとして、わが胸に舞い落ちた。

23

きみはなぜそこに坐って、詰《つ》まらなそうに腕輪を鳴らしてばかりいるの。
きみの水甕《みずがめ》に水を満たしなさい。もう家に戻る時間だよ。

水を手で掻き廻しては、道を通る人をちらちらと窺《うかが》うのはなぜ。
水甕に水を満たして、家へ戻ったらいい。

朝の時間が過ぎ去って、黒味をおびた水が流れている。
小波がさんざめいては、気紛《きまぐ》れに囁《ささや》きあう。

彷徨《さまよ》う雲が大地の向こう、空との境をなす小高い所に集まった。
雲はぶらぶらしながらきみの顔を見ては、微笑《ほほえ》み掛ける。
きみの水甕に水を満たして、家へ戻ったらいい。

24

友よ、きみの心の秘密を自分だけのものにしておかないで。
それを話してくれたまえ、ぼくだけに、そっと。
穏《おだ》やかに微笑《ほほえ》み、低く囁《ささや》くきみよ、聞くのは耳ではなく、ぼくの心だ。

夜は深く、家は静まりかえっている、鳥たちの巣には眠りの被《おお》いが掛けられた。
溢《あふ》れる涙、躊躇《ためら》いの微笑《ほほえ》み、羞《は》じらいと痛みを込めて、きみの心の秘密をぼくに話してください。

25

「こちらに来たまえ、若者よ、きみの目に狂気が宿《やど》るのはなぜなのか、正直に言ってくれ」

「目が可怪《おか》しいのは、野生の罌粟《けし》で造《つく》った酒を飲んだせいかもしれません、でもわかりません」

「恥を知りなさい」

「でもね、賢い者もいれば愚かな者もいる、用心深い人も、迂闊《うかつ》な人もいます。笑う目も泣いている目もあります、ぼくの目に狂気があるとすればそんなものです」

「若者よ、きみはなぜ、木陰に佇《たたず》んだままなのか」

「心に重荷があって足に力が入りません。それで木陰にじっと立っています」

「なんて情けない」

「道を真直《まっす》ぐに進む人もいれば、ぶらぶら行く人もいます、自由な人もいればそうでない人もいます。ぼくは心の重荷のために足に力が出ないのです」

26

「お与えくださるものを戴《いただ》きます。外《ほか》にはなにもいりません」

「ええ、あなたのことはわかっています、慎《つつし》み深い物乞いの行者さん。あなたは、他人《ひと》が持っているものを何でも強請《ねだ》るのよ」

「花輪から逸《はぐ》れた花がありましたら、ひとつ貰《もら》えませんか、胸に挿《さ》したいので」

「花に棘《とげ》があったらどうするの」

「我慢《がまん》しましょう」

「ええ、あなたのことはわかっています、慎み深い物乞いさん、あなたは、他人《ひと》のものを何でも強請《ねだ》るのよ」

「いちど、優しい目をこちらに向けてくださらんか、さすればわたしの人生は、死をも越えて善きものになるでしょう」

「冷たい眼差《まなざ》しだったら」

「冷たさに胸が刺《さ》されたままになりましょう」

「ええ、あなたのことはわかっています、慎み深い物乞いさん。あなたは、他人《ひと》のものを何でも強請《ねだ》るのよ」

27

「たとえ悲しみを連れて来ようとも愛を信じたまえ。きみの心を鎖《とざ》してはならない」

「ああ友よ、あなたの暗い言葉はぼくにはわからない」

「心の全ては涙と歌でのみ、届けられるんだ、愛する友よ」

「いいえ、友よ、あなたの暗い言葉はぼくにはわからない」

「快楽は一滴《ひとしず》くの露に似て、笑っている間《あいだ》に消えてしまう。だが悲しみは強く長く留まる。

悲しみに溢れる愛を、きみの目に目覚めさせたまえ」

「ああ友よ、あなたの暗い言葉はぼくにはわからない」

「太陽が現れると蓮の花は開き、やがてその全てを失う。永遠の冬の霧に鎖されたとしても、
蕾のまま留まることもない」

「いいえ、友よ、あなたの暗い言葉はぼくにはわからない」

28

あなたの、どこまでも知ろうとする目は哀《かな》しい。月が海の深さを測《はか》るのに似て、わたしの真意を探《さぐ》ろうとする。

わたしはあなたの目の前に惜しみなく、わたしの生《いのち》の全てを曝《さら》け出した。あなたにはわたしがわからないのだ。

もしそれが、単に一つの宝石だったなら、わたしはそれを千々に砕《くだ》いて、あなたの首に掛ける飾りを拵《こしら》えよう。

それがもし、円《まる》い形の綺麗《きれい》な花だったなら、茎から摘みとってあなたの髪に挿《さ》してあげよう。

だが、それは心だ、愛《いと》しい人よ。その河岸、そしてその水底はどこにあるのか。

あなたが王国の果てを知らなくても、それでもあなたはその王国の女王であることにかわりはない。

それが楽しさの一瞬なら、それは単純な微笑のなかに咲き、それを見てあなたは忽《たちま》ち理解する。

もしそれが痛みなら、涙のなかに溶《と》けて出て、うちなる秘密を写《うつ》しだす。

だが、それは愛なのだ、愛《いと》しい人よ。

愛の喜びと痛みには限りがなく、その豊かさと渇望には際限というものがない。

それはあなたの生《いのち》と同じように、あなたに親密なものだが、あなたがその全てを知り尽くすことはない。

29

わが愛する人よ、わたしに語ってください。あなたが歌にうたったことを言葉にしてわたしに話してください。

夜は暗く、星々は雲に隠れてしまった。風は木の葉を揺らし、溜息《ためいき》をついている。

わたしは髪を解《ほど》く。わたしの青いマントは夜のようにわたしを包む。わたしは胸にあなたの頭を抱いて、あなたが心のままに呟《つぶや》く甘美な孤独の囁《ささや》きに聞きいる。目を閉じて顔を見ずに、ただ耳を澄《す》ます。


あなたの言葉が終われば、じっと無言のままでいよう。暗闇のなかで樹々だけが囁いていることだろう。

夜がほの白くなる。暁が訪《おとず》れる。たがいに目を見詰めあって、それからわたしたちは別の道を行く。

わたしの愛する人よ、語ってください。あなたが歌にうたったことを言葉でわたしに話してください。

30

あなたは、わが夢の空を漂《ただよ》う夕暮れの雲だ。

わたしは愛を込めた憧《あこが》れのままに、あなたに色彩をつけて装わせる。

あなたはわがもの、わたしのものだ、わが限りなき夢に住む人よ。


わが日没の歌を集める人よ、あなたの足は、わが望みのままに輝きを纏《まと》って薔薇のように赤い。

あなたの唇《くちびる》は甘くて苦い、わが痛みを絞《しぼ》ったワインの味がする。

あなたはわがもの、わたしのものだ、わが孤独な夢に住む人よ。


わが熱愛の陰に、わたしはあなたの双眸《そうぼう》を曇《くも》らせてしまう、わが眼差しの深みにある人よ。

わたしはあなたを捕《つか》まえ、わが音楽の網のなかに覆《おお》い隠《かく》した、愛する人よ。

あなたはわがもの、わたしのものだ、わが不死の夢のなかに住む人よ。

31

わが心は荒野の鳥だ、あなたの双眸《そうぼう》のなかに飛ぶ空を見つけた。
その双眸は朝の揺籠《ゆりかご》、星々の王国。
わが歌は、その深みのなかに迷い込む。
その空を、その孤独な無限のなかを、ただ高く飛翔させてください。
その雲を掻《か》き分けて進み、太陽の光のなかにわたしが翼を拡げられますように。

32

愛する人よ、これが全て真実かどうか言ってください、これが本当かどうかを。

稲妻が光るとき、あなたの黒い雨雲が嵐のごとき答えを生《う》むのです。

知りそめた愛に綻《ほころ》ぶ蕾のように、わが唇《くちびる》が甘いのは本当ですか。

過ぎ去った五月の記憶がわが手足に今も残っているのでしょうか。

わが足が触れると大地が震《ふる》え、竪琴のように歌を響《ひび》かせるのですか。

ならば夜の双眸がわたしを見ると露の雫《しずく》をおとし、朝の光が喜んでわたしの身体《からだ》を包み込むのも、本当でしょうか。

時代と世界を超えて、ひとりあなたの愛が、わたしを探して旅をしていたのは本当に、本当なのですか。

ついにあなたがわたしを見つけて、あなたの長い間の願いが、わたしの静かな言葉のなかに、わたしの目に、唇に、流れる髪に、全《まった》き平和を見出だしたのも、本当ですか。

ならば無限という神秘が、ちっぽけなこのわたしの運命に刻《きざ》まれているのは真実でしょうか。

わが愛する人よ、この全てが真実かどうかわたしに言ってください。

33

愛《いと》しい人よ、あなたを愛します。わが愛を許《ゆる》したまえ。
道に迷う鳥のように、わたしは捕《とら》われている。
心を揺すぶられ、心がそのベールを失って裸になってしまった。憐《あわ》れみでそれを覆《おお》いたまえ、
　そしてこの愛を許したまえ。

愛しい人よ、あなたがわたしを愛せないなら、わが心の痛みを許したまえ。
遠くの方から怪しんで見たまうな。
わたしは隅っこに隠れて、暗がりにじっとしていよう。
覆いを剝《は》ぎ取られた恥ずかしさを、わたしは両手で覆って隠そう。
愛しい人よ、わたしから目を逸《そ》らし、この痛みを許したまえ。

あなたがわたしを愛したまうなら、愛しい人よ、わが喜びを許したまえ。
わが心が幸せの洪水に溺《おぼ》れるなら、愛しい人よ、わたしの捨《す》て鉢《ばち》な危なっかしさを笑わない

で。

わたしが王座に坐り愛の力であなたを操ろうとしても、女神のごとくわが願いをあなたに聞き入れさせようとしても、愛しい人よ、この思い上がりを咎《とが》めず、わたしの喜びを許したまえ。

34

愛する人よ、黙《だま》って行かないで。

夜じゅうわたしはあなたを見詰め、今は眠くてたまらない。

眠ったら、あなたが行ってしまうのではないかと懼《おそ》れて。

黙って行かないで、愛する人よ。


わたしは驚いて起き上がり、あなたに触れようと両手を延ばす。「これは夢だろうか」とわたしは自分に問う。

あなたの足をわが心で繋《つな》ぎ止め、胸に固く抱き締めておけたなら。

黙って行かないで、愛《いと》しい人よ。

35

容易《たやす》くあなたを知り尽くしてしまわないように、あなたはわたしと戯《たわむ》れたまう。
あなたはあなたの涙を隠すために、笑いの煌《きら》めきでわたしの目を遮《さえぎ》ってしまう。
わかっています、あなたのやりかたを。
あなたの言いたい言葉をけっして語ろうとなさらない。

あなたを尊び過ぎることのないよう、あなたはさまざまにわたしを避けたまう。
人混《ひとご》みであなたをわたしが見落《みお》とさないよう、あなたは離れて立ちたまう。
わかっています、あなたのやりかたを。
あなたはけっして、あなたが通る道を行こうとはなさらない。

あなたの要求は比類なく大きく、だからあなたは沈黙を守りたまう。
からかうような素っ気なさで、あなたはわたしの贈りものを避けたまう。
わかっています、あなたのやりかたを。

あなたが受け取りたいものを、あなたはけっして受け取ろうとはなさらない。

36

彼は囁《ささや》いた、「愛する人よ、目を上げて」と。

わたしは叱って言った、「出て行ってくださいな」。けれど彼は動かなかった。

わたしの前に立ち、彼はわたしの両手を取った。わたしは言った、「手を放して」。けれど彼はそのままにしていた。


彼はわたしの耳の傍《そば》に顔を近づけた。わたしは彼を一瞥《いちべつ》して言った、「恥ずかしくないの」と。それでも彼は動かなかった。

彼の唇がわたしの頬に触れた。わたしは震えて窘《たしな》めた、「なんて厚かましいの」。けれども彼は悪怯《わるび》れもしなかった。


彼はわたしの髪に花を置いた。わたしは言った、「無駄なことよ」と。彼は立ち尽くしていた。

わたしの首から花輪を取り上げて彼は立ち去った。わたしは泣いてわが心に問う、「どうしてあのひとは戻って来ないの」。

郵 便 は が き

適宜な
切手をお貼り
下さい

〒101-0064

東京都千代田区
神田猿楽町2-5-9
青野ビル

（株）**未知谷** 行

ふりがな	お齢
ご芳名	
E-mail	男

ご住所　〒　　　　Tel.　-　-

ご職業	ご購読新聞・雑誌

愛読者カード

ご購読ありがとうございます。誠にお手数とは存じますが、アンケートにご協力下さい。貴方様の貴重なご意見ご感想を賜わり、今後の出版活動の資料として活用させて頂きます。

本書の書名

お買い上げ書店名

本書の刊行をどのようにしてお知りになりましたか?

書店で見て　広告を見て　書評を見て　知人の紹介　その他

本書についてのご感想をお聞かせ下さい。

ご希望の方には新刊書のご案内をさせて頂きます。　要　不要

通信欄(ご注文も承ります)

37

あなたの、瑞々《みずみず》しい花輪をわたしの首に掛けてくださるのですか、美しい人よ。

けれど、どうかわかってください、わたしが編んできた花輪はひとつだけであることを。それは多くの人々のためであり、その姿をわずかに見た人々や、辺境の地に住んでいる人々、そして詩人たちの歌のなかに生きている人々のためだったことを。


あなたの真心へのお返しに、わが心を求めてくださっても、時が経ち過ぎました。

わが生《いのち》が花の蕾のようであったとき、その芳香は全て花の芯に蓄《たくわ》えられていました。

今それは、広く、遠く、ほうぼうへと撒《ま》き散《ち》らされています。

それを再び集める魔法の術など、いったいだれが知っていましょうか。

わたしの心は、ただひとりに向かい合うような、わたしだけのものではなく、大勢の人々に差し上げるものです。

38

愛する人よ、かつてあなたの詩人は、その精神《こころ》に壮大な叙事詩を船出させた。

けれども、うっかり、あなたの踝《くるぶ》し飾りを鳴らしてしまって、それが嘆きの種となった。

それは歌の切れ端となって砕《くだ》け、あなたの足元に散らばった。

古い闘いの物語という、わたしの積み荷全てが、笑いの荒波によって高く放り上げられて涙のなかに沈んだ。

愛する人よ、この損失をあなたは善きものにしてくださらなくてはならない。

不滅の名声への願いが鎖《とざ》されるなら、わが生のうちにわたしを不滅のものにしてください。

それならば損失を嘆かず、あなたを責めたりしないでしょう。

39

わたしは朝からずっと花輪を編もうとするが、徒《いたずら》に花は滑《すべ》り落ちてしまう。

あなたはそこに坐り、その双眸《そうぼう》の片隅《かたすみ》でそっとわたしを窺《うかが》っている。

悪戯《いたずら》が、だれの過失だったのか、その双眸に問いたまえ。


わたしは歌をうたおうとするが、できない。

隠《かく》れた微笑《びしょう》があなたの唇に浮かぶ。その微笑に、わたしの失敗の理由を糺《ただ》したまえ。

あなたの微笑《ほほえ》む唇に言わせたまえ、蓮華のなかで酔いしれる蜂のように沈黙のなかで声が迷子になったのだと。


夕暮れになり、花が花弁を閉じる時が来る。

あなたの傍《そば》に坐らせたまえ、そして星々の薄明かりのもと沈黙のなかに、なすべき仕事をやるよう、わたしの唇に命じたまえ。

40

あなたにお別れを言いに行くと、あなたの目に、信じないという微笑が浮かぶ。わたしがあまりにも度々《たびたび》繰り返すので、あなたはわたしがすぐに戻って来ると思いたまう。本当は、わたしもまた精神《こころ》のなかで同じように訝《いぶか》っている。

春の日々は繰り返しやって来る。満月は暇乞《いとまご》いをして、再びまた訪れる。花々もまたやって来て、年毎《としごと》に樹の枝を明るく彩る。わたしがお別れを言うのも、あなたの所にまた戻って来るためなのだ、おそらくは。

けれどもしばらくの間、わたしのこの思い込みを許したまえ。慌ただしく追い払わないで。わたしがあなたにお別れを言うとき、それを真実として受け止めたまえ。そしてあなたの双眸の黒い縁《ふち》を束の間、涙で曇らせたまえ。

わたしがまた戻って来たら、悪戯《いたずら》っぽく笑いたまえ。

41

どうしても言わなくてはならない心の奥底をあなたに話したい。だが、笑われるのが怖い。

それでぼくは自分を笑って、わが秘密を冗談のなかで台無《だいな》しにする。

ぼくは苦しみを軽んじてみせる、それは、あなたがそうなさるといけないから。


あなたに言わなければならない最上の真実をあなたに話したい。けれど信じてもらえないのが怖くて思い切って言えない。

それでぼくは偽りのなかに隠して、思いの逆を話してしまう。

苦しみを滑稽《こっけい》に見せてしまうのは、あなたがそうなさるといけないから。


あなたに、ぼくの最も貴い言葉を遣いたいのに、相応《ふさわ》しい価《あたい》で贖《あがな》われないのを恐れる。

あなたを悪く言って、無神経な強さをひけらかすのはそのためだ。

ぼくはあなたを傷付ける、あなたがどんな苦しみもわかってくださらないのが怖いから。

あなたの傍《そば》に黙って坐っていたい、けれど心がむやみに喋り出すのが恐ろしい。

それで、無駄話や軽口を叩いては、言葉の陰にぼくの心を隠す。

ぼくは苦しみをぞんざいに扱う、それはあなたがそうなさるのが怖いから。


あなたの傍を離れてしまいたい、でもできない、ぼくの臆病をあなたに知られてしまうから。

それでぼくは軽率にも胸を張ってあなたの前に出る。

あなたの視線から絶えず放たれるひと突きが、ぼくの苦しみを常に新鮮なものにする。

42

気の狂《ふ》れたものよ、堂々と酔いたまえ。
もしきみが扉をみな蹴りあけて、人前で道化を演じるなら、
もし一夜のうちにきみの袋を空っぽにして、思慮分別を弾き飛ばすなら、
もしきみが、物珍《ものめず》らしい横道を彷徨《うろつ》いて、無益なあれこれで遊ぶなら、
韻律も道理もかまうもんか。
もしきみが嵐を前に帆をあげて、舵をふたつに圧《へ》し折《お》るなら、それなら友よ、ぼくはきみについていき、ともに酔っぱらって破滅しよう。

ずいぶん長いこと、地道で利口な隣人たちに囲まれて、ぼくは昼も夜もむだにした。
多くを知るうち白髪になり、目を凝らすばかりで視力を弱めた。
何年もかけて、いろんながらくたや切れ端を集めては積み上げた。
それらを粉砕して、その上で踊り廻って、全てを風に吹き散らせ。
なぜならぼくは知っている、酔《よ》い痴《し》れて破滅することこそ知恵の高みだと。

あらゆる歪《ゆが》んだ疑念を消し去らせ、どうしようもなく道に迷わせてくれ。

目を眩《くら》ませる猛烈な突風を吹かせて、錨からぼくを解き放て。

この世は、お偉方に労働者、役に立つ人も狡賢《ずるがしこ》い人もいて、どこも人で溢れ返っている。

易々《やすやす》と先頭に立つものもいれば従順にそのあとを追うものもいる。

かれらが幸せに栄えますように、そしてぼくが、ばからしくも役立たずでいられますように。

なぜならぼくは知っている、酔い痴れて破滅するのが、あらゆる業《わざ》の果てなのだと。


誓ってぼくは、今この瞬間に、礼儀正しい身分を明け渡す。

学問の矜持も善悪の判断も手放そう。

ぼくは記憶の器をこなごなに砕いて、涙の最後の一滴を蹴散らす。

木苺《きいちご》の赤ワインに立つ泡《あぶ》くに身を洗い、ぼくの高笑いをはればれと響かせよう。

さしあたって、まじめで品行方正な標《しるし》を、ずたずたに引《ひ》き裂《さ》こう。

酔い痴れて破滅するという、役に立たない聖なる誓いを立てるんだ、ぼくは。

43

いや、友人たちよ、ぼくは苦行者*になるつもりはないんだ。きみらが何と言おうとも。
彼女がぼくと一緒に誓いを立ててくれない限り、ぼくは苦行者にはならないよ。
木陰の小屋と、ぼくの懺悔を聞いてくれる伴侶を見つけられない限り、苦行者になるまいと
　ぼくは固く決心をしているからね。

いや、友人たちよ、ぼくは家庭の団欒《だんらん》を捨てて、森の孤独に引き籠《こ》もるつもりなんかない。
たのしげな笑い声が樹々の陰に木霊《こだま》しているのでなければ、サフラン色の裳裾が風に翻《ひるがえ》
　るのでなければ、その静寂が優しい囁《ささや》きのなかに深まって行くのでなければ。
ぼくは苦行者になるつもりなど全くないよ。

＊ 語源はサンスクリット語のタパスヴィン（苦行者）である。タゴールの詩物語『ベンガル
の苦行者』（拙訳、未知谷）とともにお読みいただきたい。

44

尊いおかた、ふたりの罪人をお赦《ゆる》しください。きょう、春の風が荒々しく渦を巻いて吹き募《つの》る。砂塵も枯葉も舞い上げて、ともにあなたの教えも全て攫《さら》っていく。

父よ、人生は儚《はかな》いなどと言わないで。

なぜならぼくらは、ほんのわずかな刹那の一度きり、死と休戦することにしたのだから。香《かぐわ》しい短い間だけをぼくらふたり、不滅のものとされたのだから。

たとえ王の軍隊がやって来てぼくらを猛烈に攻め立てたとしても、ぼくらは悲しく頭を振って言わなければならない、兄弟、きみらは邪魔なんだ、と。この騒動をどうしてもやりたいのなら、べつの場所で武器をドンチャカやってくれ。ぼくらが不死とされたのは、素早く過ぎ去る刹那だけなんだから。

たとえ友好的な人たちがやって来たとしても、謙虚にお辞儀してぼくらは言わなければならない、この途方もない幸運には困惑する、と。ぼくらが住む、限りある空に余地は残されていない。春には花々が群れをなしてやって来て、蜜蜂はたがいに押《お》し退《の》けあって慌ただしく飛《と》び交《か》う。ぼくらのちっぽけな天は、ぼくらふたりがほんの短い間を不死として住むにしても、ばかばかしいほど狭いんだ。

45

行かなければならない客にはその門出を祝い、かれらの足跡をはらいなさい。

易《やさ》しく単純で近しいものを、微笑とともにきみの胸に受け止めよ。

きょうは死ぬのを知らぬ怪人たちの祭りだ。

きみの笑い声がただ無意味で陽気なものであるように、細波《さざなみ》に浮かぶ光の煌《きら》めきのように。

きみの生《いのち》を「時」の淵で軽やかに踊らせよ、木の葉の上の朝露のように。

きみの竪琴から、その刹那《せつな》のリズムを響かせよ。

46

あなたはわたしを残して、あなたの道へと去った。

ぼくはあなたを思って嘆き悲しみ、心のなかの、あなたの寂しい幻影を黄金の歌に編もうとした。

だが、ぼくの悲運よ、時は短い。


歳月とともに若さは失われ、春の日々は移ろい易い。儚《はかな》い花は虚《むな》しく枯れ果て、人生は蓮の葉の露に過ぎない。そう言って賢人がぼくを誡《いまし》める。

この全てに背を向けたまま、去って行った彼女の後ろ姿を追っていてもよいのか。

それは頑固で愚かというものだ、なぜなら時は短い。


ならば来るがいい、わが雨の夜よ、雨の音とともに。

微笑《ほほえ》んでくれ、わが黄金の秋よ。キスを撒《ま》き散《ち》らしながら来るがいい、軽快な四月よ。

きみも来たまえ、きみも、きみもまた。

愛するものたちよ、ぼくらは死すべきものと、きみたちは知っている。彼女の心を連れ去るものゆえに悲嘆にくれているのは賢いだろうか。時は短いのだ。

隅っこに坐って思いに耽《ふけ》り、あなたはわが世界の全て、と詩に書くのは心地好い。悲しみを抱き締めたまま癒しを拒むのはヒロイックだ。

だが、新しい顔が扉からこちらを窺《うかが》い、ぼくの目を見上げている。ぼくは涙を拭《ぬぐ》って、歌の調《しら》べを変えるほかはない。人生は短い。

47

もしもあなたがそのように受け取られるなら、ぼくはうたうのを止《や》めます。

あなたの心を苛々《いらいら》させるなら、あなたの顔から目を逸《そ》らしましょう。

歩いているあなたを驚かせてしまうなら、わきによけて、ぼくは別の道を行きます。

花を編んでいるあなたをどぎまぎさせるなら、ぼくはあなたの孤独な庭に近づきません。

ぼくが流れを荒々しく奔放にさせるというなら、あなたの岸辺に沿って舟を漕《こ》ぐのは止めましょう。

48

愛する人よ、あなたの甘美な縛りから、ぼくを解き放て。口付けという酒はもうたくさんだ。

重く伸《の》し掛かる芳香の霧が、ぼくの心を窒息させる。

扉を開け、朝の光をいれる場所を作ってくれ。

あなたの愛撫に包まれて、ぼくはあなたのなかで迷ってしまう。

あなたの魔法からぼくを解き放ち、ぼくの自由な心をあなたに捧《ささ》げるために、ぼくの人間らしさを返してください。

49

ぼくは彼女の両手を取って、彼女を胸に押し当てる。

ぼくは彼女の美しさでわが腕を満たし、甘い微笑を奪おうと口付けして、黒い瞳で見詰める視線をわが目で飲み干そうとする。

だが、それはいったいどこにあるのか。いったいだれが、空から青色だけを取り出せるのか。

ぼくは美を摑もうとするが、それは身を躱《かわ》して逃げて行く、わが手に体だけを置き去りにして。

困惑し疲れて、ぼくは戻って来る。

花に触れるのは奥深い心だけなのに、体がどうやって花に触れることができるのか。

50

愛の神よ、わが心は昼も夜もあなたに会いたいと願っている、全てを滅ぼす死のような出会いに憧《あこが》れて。

嵐の如くぼくを吹き飛ばし、持つもの全てを取り上げよ。わが眠りを蹴破《けやぶ》り、わが夢を奪え。わが世界を盗み取れ。

この破壊のなか、全てを取り去った裸の心の奥底で、美のなかに合一しよう。哀れ、ぼくの虚《むな》しい願望よ。ひとつになる望みは、あなたをおいて外にない、わが神よ。

51

最後の歌をうたい終わって、出発しよう。

夜が終われば、この夜を忘れたまえ。

わたしは、この腕《かいな》にだれを抱き締めようとするのか。夢はけっして摑まえて置くことができないのに。

求めて止まないぼくの両手が、空虚をわが胸に押し付け、それがわが胸を傷付ける。

52

なぜランプは消えたのか。
ランプを風から守ろうと、外套で被《おお》ったからランプが消えた。
なぜ花は枯れてしまったのか。
愛するあまり花をわが胸に押し付けて、花は枯れた。
なぜ川は干上がったのか。
わがために使おうと水を塞《せ》き止《と》め、それで川が干上がった。
なぜ竪琴の糸が切れたのか。
糸のちから以上に音を出そうとして、それで竪琴の糸が切れた。

53

どうしてあなたはぼくをちらりと見て、ぼくに恥ずかしい思いをさせるのか。
ぼくは物乞いに来たのではない。
通りすがりに、あなたの庭を巡る垣根に立ち止まっただけなのだ。
ちらりと見て、恥ずかしくさせるのはなぜなのか。

薔薇を摘《つ》んだわけでも、木の実を取ったわけでもない。
他所《よそ》から来た旅人がだれでもそうするように、道端の木陰に身を寄せた。
薔薇を摘んだわけでもない。

ええ、足は消耗《くたび》れ、そのうえ夕立が降ってきた。
風が、揺れる竹の枝をすり抜けて唸《うな》っていた。
敗北から逃走するかのように、雲が空を横切って走り去った。
ぼくの足は疲れ切っていた。

ぼくをあなたがどう思われたのか、門口であなたがだれを待っておられたのか、ぼくにはわからない。

いくども稲妻が煌《きら》めき、見詰めるあなたの目を鋭く照らした。

あなたに、暗がりにいたぼくが見えたのかどうか、ぼくにわかるわけがない。

あなたがぼくのことをどう思われたのかわからない。


日が暮れて、束の間、雨がやんだ。

ぼくはあなたの庭のはずれに立つ木の陰から出て、草の上を離れる。

暗くなった。扉を閉めてください。ぼくは、わが道を行く。

一日が終わった。

54

市場が終わる夕暮れに、籠《かご》を手にきみはどこへ急ぐのか。
だれもが荷物を抱えて家へ戻った。村の樹々の上方に、月が姿を見せる。
渡し舟を呼ぶ声が木霊《こだま》して、暗い川面を遠く、野鴨が眠る沼の方まで響きわたる。
市場が終わるのに、籠を手にきみはどこへ急ぐのか。

眠りがその指をそっと大地の瞼《まぶた》にのせた。
カラスの巣は鎮《しず》まり、竹林の囁《ささや》きも沈黙する。
畑から家に戻った農夫たちは、庭に敷物を拡げる。
市場が終わるのに、籠を手にきみはどこへ急ぐのか。

55

あなたが立ち去ったのは真昼だった。

太陽が中天で強く照り付けていた。

わたしは仕事を済ませてバルコニーにひとり坐っていた、あなたが立ち去ったときに。

気紛《きまぐ》れな風が吹きつけては、遠くまで広がる野の香りを運んで来た。

木陰で鳩が鳴き、蜂が一匹部屋のなかに迷い込んで、かずかずの遠い野の知らせを伝えた。

村は、日中《ひなか》の熱暑に寝静まっていた。道に人影もなかった。

ふいに風が立ち、木の葉がざわめいたが、また直ぐに収まった。

わたしは空を見詰め、その青のなかに、よく知る人の名を綴《つづ》った、村が真昼の熱暑に眠っている間に。

わたしは髪を編むのも忘れていた。微《かす》かな風が頬の上で髪と戯《たわむ》れていた。

日影の岸辺を、河は音もなく流れていた。
白い雲は怠惰に身じろぎもしなかった。
わたしは髪を編むのも忘れていた。

あなたが立ち去ったのは真昼だった。
道の土埃は熱く焼け、野も畑も喘《あえ》いでいた。
鳩が茂みの奥で鳴いていた。
あなたが行ってしまったとき、わたしはひとりバルコニーにいた。

56

わたしは、限《き》りも無い家事に追われる女性のひとりだった。

なぜあなたはわたしを選び、日々の静かな隠れ家から連れ出そうとしたのか。


秘められた愛は神聖だ。隠された心の薄暗がりで、それは宝石のように輝く。知りたがりの昼の明るさのなかでは、哀れなほど暗く見えるが。

あなたはわが心の覆いを剝《は》がし、震えているわが愛を、みなの前に引き摺《ず》り出した。愛がその巣を隠し持っていた暗がりを、永久に壊したのだ。


ほかの女性たちはいつもと変わらない。

だれひとり、じぶんの最奥の存在を探って見ることもなく、自身の秘密を知ろうともしない。

女性たちは軽々と笑い、泣き、お喋《しゃべ》りをし、働く。毎日のように寺院へ行って灯明を点《とも》し、河へ水を汲《く》みに行く。

どこにも隠れ場所がない恥ずかしさから、わが愛が救い出されるよう祈ったけれど、あなたは顔を背《そむ》けてしまわれた。

あなたの道はあなたの前にどこまでも広がるが、あなたはわたしの帰り道を断ち切ってしまわれた。こうしてわたしは、昼も夜も目蓋《まぶた》のない目に見詰められ、わたしは裸で世に晒《さら》されたまま置き去りになった。

57

世界よ、ぼくはあなたの花を摘み取った。

それをぼくは胸に押しあて、棘《とげ》が刺さった。

陽が傾《かたむ》いて暗くなり、花は萎《しお》れたが、痛みは去らなかった。

世界よ、あなたの所には、もっと多くの花が、芳香と誇らしさと共にやって来る。

だが、ぼくの花集めの時は終わった。暗い夜をとおしてぼくの薔薇は手に入らず、その痛み
だけが残っている。

58

ある朝、花園で、目の見えない少女がわたしの所にやって来て、蓮の葉で包《くる》んだ花輪を差し出した。

わたしはそれを首に掛けながら、目に涙が溢れた。

わたしは少女に口付けして言った。「あなたは目が不自由なのですね、この花たちと同じように。あなたの贈り物がどんなに美しいかをわかってください」

59

女性よ、あなたは神の作品であるだけでなく、男性たちの創造物でもある。どちらも心から称《たた》える美をあなたに贈るのだから。

詩人はあなたのために黄金の想像を糸にして織物を紡《つむ》ぎ、画家はあなたの姿に常に新しい不滅を与える。

海はその真珠を、鉱山はその黄金を、夏の庭園はあなたをもっと貴くするために、あなたを飾る花を、与える。

男性たちの情熱は讃美となって、あなたの青春のうえに降り注《そそ》ぐ。

あなたは半《なか》ばひとりの女性であり、半ばひとつの夢だ。

60

人生の慌《あわ》ただしさと騒がしさのなかで、「美」よ、石に刻まれたあなたは無言で動かず、孤独に超然と立つ。

大いなる「時」があなたに魅了され、足元に跪《ひざまず》いて呟《つぶや》く。

「わたしに、どうかわたしに語ってください、わが愛する人よ。語ってください、わが花嫁よ」

だがあなたの言葉は石に閉ざされたままなのだ、ああ「不動の美」よ。

61

わが心よ、平穏が別れの時を甘美なものにするように。
それが死ではなく完成となるように。
愛は思い出のなかに、痛みは歌のなかに溶《と》けて行くように。
大空を行く飛翔が、その翼を巣の上にたたみ、終わりを迎えられるように。
あなたの手の最後のひとふれが、夜の花のように優しいものであるように。
「美しい最後」よ、束の間静かに立ち、あなたの最後の言葉を沈黙のうちに語れ。
ぼくはあなたに一礼をして、わが灯火を掲げ、あなたの道を照らそう。

62

黄昏の夢の道を、前世でぼくのものであった愛人を求めて、ぼくは歩いていた。

彼女の家は人気《ひとけ》のない通りの果てにあった。

夕べの微風に、彼女の愛する孔雀が止まり木に微睡《まどろ》み、鳩たちは別の片隅で押し黙っていた。

彼女は玄関わきにランプを置いて、ぼくの前に立った。

瞳を上げてぼくの顔を見ると、無言で尋ねた、「お元気でしょうか」。

答えようとしたが、ぼくらの言葉は忘れられていた。

懸命に考えたが、ぼくらの名も失われていた。

彼女の目に涙が溢れた。ぼくに右手を差し出した。その手を取って、ぼくは無言で立っていた。

ぼくらのランプは、夕べの微風に揺らいで消えた。

63

旅人よ、行かなければならないのか。

夜は静まり、暗闇は森の彼方《かなた》に陶然と広がっている。

ぼくらのバルコニーにはランプが輝き、どの花も瑞々《みずみず》しく、今青春の眼差《まなざ》しが目覚めている。

別れの時が来たのかい。

旅人よ、きみは行かなければならないんだね。


ぼくらは力ずくできみの足を引きとめようとはしなかった。

きみの扉は開いている。馬に鞍が置かれ支度は整った。

きみの行く道を阻《はば》むなら、ぼくらの歌しかなかった。

きみを引き止めるには、ぼくらの目で表すしかなかった。

旅人よ、きみを引き止めようもない。今ぼくらには涙しかない。

消しがたいどんな火が、きみの目に燃えているのか。

どんな熱情が、きみの血潮を駆け巡っているのか。

どんな声が暗闇のなかからきみを呼ぶのか。

封印された秘密の言伝《ことづて》をもって、奇妙にも夜が無言できみの心に入り込み、夜空の星々の間に、きみはどんな恐ろしい呪文を読み取ったのか。


きみが楽しい集《つど》いを好まず、静かに物憂《ものう》い心でいたいなら、ランプを消して、ぼくらの竪琴を黙らせよう。

ぼくらは暗がりのなか、木の葉の囁《ささや》きを聞きながら、静かに坐っていよう。疲れた月がきみの窓の上に青白い光を注ぐだろう。

旅人よ、眠らぬどんな妖精が、この夜更けの深みより現れて、きみに触れたのか。

64

ぼくは一日じゅう、灼熱の土埃《つちぼこり》の道を歩いた。

いま、夕べの涼しさのなかで宿屋の戸を叩《たた》く。そこは誰もいない廃墟のようだ。

大きく罅割《ひびわ》れた壁の裂け目に、気味のわるいバンヤン樹が、飢えて摑み掛からんばかりに根を繁らせている。

かつて、行商人たちがここに来て、疲れた足を洗う日々もあった。

早々《はやばや》と昇《のぼ》った月の仄かな白い光の元で、かれらは中庭に敷物を拡げて坐り、見知らぬ土地の話をした。

朝になると、かれらは再び元気になって起き上がり、鳥たちは陽気にうたい、路傍に咲く花々は親しげに頷《うなず》いてみせた。

干上がった池の茂みに、ホタルが軽やかに飛び交い、草深い道に竹の枝がその影を落とす。

ぼくは誰にも迎えられない一日の終わりの客だ。目の前に長い夜があり、ぼくは疲れている。

65

また、あなたの呼び掛けなのか。
夕暮れになった。疲れが懇願する愛の腕《かいな》のようにぼくに絡み付く。
あなたはぼくを呼んでいるのか。

わが一日の全てをあなたに差し出した、残酷な女主人よ、あなたはわが夜も奪い取らねばならないのか。

どんなこともどこかに終わりがあり、暗闇の孤独はその人自身のものだ。
あなたの声はそれを撥ね除けて、ぼくを襲わねばならぬのか。

夕暮れは、あなたの門辺に眠りの音楽を響かせないのか。
沈黙の翼を持つ星々が、あなたの情け容赦のない塔の上に現れないのか。
あなたの庭で花が安らかな死を迎えて、土に散り落ちることはないのか。

どうしてもぼくを呼ばなければならないのか、落ち着かないひとよ。
ならば愛の悲し気な目が虚《むな》しく見詰め、啜《すす》り泣くままに。
ランプが孤独な家に点《とも》されるように。
渡し舟が、疲れた農夫たちを家へ戻してやるように。
急いでぼくは、あなたの呼び掛けに応えよう、わが夢はあとに放って。

66

頭のおかしな男は流離《さすら》いながら石を探していた。物皆金《ものみな》に変える石を。男の縺《もつ》れた髪は赤茶けて埃に塗《まみ》れ、体は骨と皮に痩《や》せさらばえて、心の扉を固く閉ざすかのように唇をきつく結んでいた。目は、相手を探す土ボタルの光のようにぎらついていた。

かれの前には無限の大海がうねりを上げる。

饒舌な波たちは秘められた財宝について絶え間なく語り、その意味を理解しない無知を嘲笑《あざわら》う。

すでに希望は残っていなかったが、それでも男は休もうともしなかった、なぜなら探し求めることがかれの生命そのものになっていたのだ――

大海が、永遠に届くことのない空へ腕を差し延ばすように――

星が、到達するはずのない目的地を求めて回り続けるように――

それでも寂しい海辺で、埃塗れの赤茶けた髪をした頭の可怪《おか》しな男は、石を探して歩き廻った。

ある日のこと、村の少年が近づいて声を掛けた。「ねえ、腰に巻きつけている金の鎖をどこで見つけたの」

頭の可怪しな男は飛び上がらんばかりに驚いた。かつて鉄だったその鎖はまさに黄金なのであった。それは夢ではなかったが、いったいいつ、それが金に変わったのか、さっぱりわからなかった。

男は自分の額をがつんと叩いた。ああ、知らぬ間に幸運を摑んでいた、だがいったいどこで。

小石を拾っては鎖にあてても、金に変わったかどうかろくに見もせず、放り捨てるのが癖になっていた。こうして頭の可怪しな男は、物皆金に変える石を見つけたが、たちまち失ったのだ。

太陽は低く西に沈み掛かり、空は黄金に輝いていた。

男は改めて、失くした宝を探そうと引き返したが、力は尽き果て背中は曲がり、男の心は根こそぎにされた木のように土に塗れていた。

67

夕暮れがゆっくりと近づいて、歌を全て止《や》めるよう合図をしたとしても、
きみの仲間たちが休息のために去り、きみが消耗《くたび》れていたとしても、
闇に怖れが生まれ、空の面輪がベールで見えなくなっても、
それでも鳥よ、聞いてくれ、わが鳥よ、きみの翼をたたまないで。

あれは森の茂みが作る暗がりではなく、黒い蛇のようにのたうつ海だ。
あれは花盛りのジャスミンが踊っているのではなく、泡の煌めきだ。
緑なす岸辺はどこか、きみの巣はどこか。
鳥よ、わが鳥よ、聞いてくれ、きみの翼をたたまないで。

きみの行く道には孤独な夜があり、暁は薄暗い丘の彼方に眠る。
星は時を数えて息を凝《こ》らし、弱々しい月が深い夜を渡ってゆく。
鳥よ、わが鳥よ、聞いてくれ、きみの翼をたたまないで。

きみに希望はなく、怖れはない。
言葉も、囁《ささや》きも、泣き声もない。
家はなく、休息の寝床はない。
だが、きみ自身の両翼があり、道なき空がある。
鳥よ、わが鳥よ、聞いてくれ、きみの翼をたたまないで。

68

兄弟よ、永遠に生き続けるものはいない、長く続くものは何もない。それを心に留めて、楽しくあれ。

ぼくらの人生は、古くからある苦しみなのではなく、行く道が、ただ一つの長い旅路というのでもない。

ひとりの詩人だけが、古い歌をうたうというわけではない。

花は色褪《あ》せて果て、花を身に付ける度にそれを悲しまなければならないのではない。

兄弟よ、それを心に留めて、楽しくあれ。


音楽を完成させるためには全休止が来なければならない。

人生は黄金のかげに沈むべく、その日没へと向かうものなのだ。

愛はその戯れから呼び戻され、悲しみの盃《さかずき》を飲み、涙の天国へ運ばれなければならない。

兄弟よ、それを心に留めて、楽しくあれ。

ぼくらは急いで花を集める、吹き荒れる風に花が散らされる前に。

遅れをとったら去ってしまう口付けを奪おうと、ぼくらの血は騒ぎ、目は光る。

生命は頻《しき》りに求め、欲求は募《つの》る、なぜなら時が、別れの鐘を鳴らすから。

兄弟よ、それを心に留めて、楽しくあれ。


一つのものをしっかりと摑み、搾《しぼ》り尽くし、塵にするという時間を、ぼくらは充分に持ち合わせていないのだ。

時は素早く遠ざかってゆく、時の描く夢をその裳裾に隠し持ったままで。

ぼくらの人生は短く、愛にはせいぜいわずかな時が許されるばかりだ。仕事や労苦となると、限りなく長いのだけれど。

兄弟よ、それを心に留めて、楽しくあれ。


ぼくらにとって美は優しい、なぜなら美は束の間、ぼくらの生命と同じ調べで踊るから。

ぼくらにとって知識は貴い、なぜならぼくらにはそれを完成させるほどの時間がないから。

すべては永遠という「天」でなされて、仕上げられる。

だが地上の幻の花は、死があるからこそ、永遠《とわ》に新しい。

兄弟よ、それを心に留めて、楽しくあれ。

69

わたしは金の雄鹿を追い掛ける。

友人たちよ、きみらは笑うだろうが、わたしは、わたしから逃げて行く夢を追っている。

わたしは丘を越え谷を越えて走り、名前のない土地を彷徨《さまよ》う。なぜなら金の鹿を追い掛けているから。

きみらは市場に出掛け買い物をして、荷物を積んで家に戻って来る。だが、家を持たない風の魔力が、いつどこでだったか知らぬ間に、わたしに触れたのだ。

わたしは心に気掛かりもない。所有物を残らず皆捨て去ったから。

わたしは丘を越え谷を越えて走り、名もない土地を彷徨い巡る。わたしは金の鹿を追い掛けている。

70

子どものときの一日を思い出す、ぼくは堀に紙の舟を浮かべた。七月の湿《しめ》っぽい日だった。ぼくはひとりで幸せに遊んでいた。ぼくは堀に紙の舟を浮かべた。

ふいに雨雲が濃くなって突風が吹き、滝のような雨が降り出した。泥水が細い流れとなって走り、堀の水は膨《ふく》れ上がって紙の舟は沈んだ。幸せな遊びを壊すために嵐がやって来たとぼくは恨みがましく、全てぼくを狙《ねら》った意地悪なのだと考えた。

きょう、七月の長い曇り日に、ぼくが敗者であった人生のゲームのあれこれが甦《よみがえ》った。運命が仕掛けた多くの悪戯《いたずら》に思いを馳せていると、突然ぼくは、堀に沈んだ紙の舟を思い出した。

71

一日はまだ終わっていない、市はまだ開いている、河岸に立つその定期市は。
ぼくは時間を無駄にし、最後の一ペニーも失くしてしまうのを心配していた。
だが違う、兄弟よ、それでもぼくには残っているものがある。運命がぼくから何も彼《か》も騙《だま》し
　取ったわけじゃない。

売り買いは終わった。

双方の支払いがすんで、ぼくが家に帰るときが来た。

けれど、門に立つ番人よ、きみは門の通行税をとるのだね。

心配には及ばない、まだぼくには残っている。運命が何も彼も騙し取ったわけじゃない。


風が止んで嵐の前触れを見せている、西に低く垂れ込める雲はその前兆だ。

静まり返った水は風が吹くのを待っている。

ぼくは夜になる前に河を渡ろうと急ぐ。

渡し守よ、きみは船賃を取るのだね。

大丈夫だ、兄弟よ、まだ残っているから。運命が何も彼も騙し取ったわけじゃない。


道端の木の下に乞食が坐っている。なんと乞食は、物欲しそうにおずおずとぼくの顔を見上げている。

乞食は、市場の儲《もう》けでぼくに金があると思っている。

いいんだ、兄弟よ、まだ残っているから。運命が何も彼も騙し取ったわけじゃない。


夜は暗くなり、道に人がいなくなった。ホタルが木の葉をぬって光る。

音を立てず忍び足で後をつけて来る、おまえは誰だ。

あぁ、儲けを全部奪おうってわけか。おまえをがっかりさせるつもりはない。

まだ残っている、運命が何も彼も騙し取ったわけじゃない。


夜更けにぼくは家に着く。手にはもう何も残っていない。

きみは寝ないで不安げに、戸口に立って待っている。

臆病な小鳥そっくりに、きみはぼくの胸に飛び込んで来る、燃えるような愛で。

何てことだ、ぼくにはまだたくさん残っている。運命はぼくから何も彼も騙し取ったわけじゃない。

72

厳しい労苦の日々を経て、わたしは寺院を建てた。扉も窓もなく、大きな岩を使って頑丈な壁を拵《こしら》えた。

わたしはほかの全てを忘れ、あらゆる世事を避けた。祭壇の神像を見詰め、ひたすら瞑想に耽《ふけ》った。

寺院の内部は常に夜で、香り高い精油を燃やすランプの灯で照らされていた。

燻《くゆ》る香煙は重く澱《よど》んで渦を巻き、わが心に絡《から》み付いてきた。

わたしは眠ることも忘れて、複雑怪奇な線で風変りな像を壁に刻んでいった——両翼を持つ馬、人間の顔をした花、蛇の如き四肢を持つ女性たちを。

鳥の歌や木の葉の囁《ささや》き、村の活気に充ちたざわめきが、内部に忍び込む通路はどこにもなかった。

その暗い天井に木霊《こだま》する音は唯一、わたしが唱える呪文であった。

わが精神は、炎の先端の如く鋭敏に静まりかえり、忘我の境地に五官は恍惚となった。

どれほど時が経ったのか見当もつかなかった。

突然、雷が寺院に落ちてわたしを襲い、痛みが胸を貫《つらぬ》いた。

ランプは青白くなって恥ずかしげだった。壁に刻まれた彫刻は消え入るのを潔しとするかのように、明るい光のなかで、鎖に繋がれた夢のように空虚な視線を投げていた。

わたしは祭壇の像を見詰めた。その微笑に、それが神の生き生きとしたひとふれによって生命を持ったとわたしは知った。わたしが閉じ込めた夜の闇は、翼を拡げて消えてしまった。

73

無限の富はあなたのものではない、辛抱強く浅黒い、わが母なる土よ。

あなたの子らを養うため、あなたは力を尽くすが、食べ物は限られている。

あなたがもたらす嬉しい贈り物は、われわれにとって決して充分ではない。

あなたが子らのために作る遊び道具は壊れ易い。

あなたはわれわれの渇望全てを満たしてはくれないが、だからといってあなたを見捨てられようか。

悲しみに翳《かげ》るあなたの微笑みは、わが目に優しく写る。

達成を知らないあなたの愛は、わが心に深く親しく想われる。

あなたはその胸からわれらに命を与えて来たが、不死を与えたのではなかった、だからこそあなたの双眸は常に覚醒しているのだ。

時代が移り変わってもずっとあなたは、色彩や歌とともに働き続けるが、あなたの天国は築かれず、悲しい暗示があるばかりだ。

あなたが創り上げる美しさに、涙の霧が立ち込めている。

わたしはわが歌をあなたの無言の心のうちに、そしてわが愛をあなたの愛のなかに注ぎ入れよう。

わたしは働くことによってあなたを礼拝しよう。

わたしはずっと、あなたの憐れみ深い顔を見詰めてきた。悲しみに沈むあなたの土をわたしは愛する、母なる大地よ。

74

世界の音楽ホールでは、簡素な草の葉が、太陽の光や真夜中の星たちと同じカーペットに坐っている。

こうしてわが歌は、空の雲や森の調べと共に、世界の心のなかに同席する。

けれど、富める者よ、あなたの富は何の役割も与えられていない、太陽の金色の輝きや、もの思いに耽る月の軟らかい光という、その簡素な偉大さのなかでは。

すべてを包み込む天の祝福は、その上には注がれないのだ。

そして死が現れると、それは弱りきって干からび、ぼろぼろと散って塵となる。

75

真夜中に、苦行者を志す人が言った。

「家を捨てて神を探し求める時が来た。いったい誰なんだ、ここで長いことわたしを迷わせていたのは」

神が囁《ささや》いた、「わたしだ」。しかし男の耳には届かなかった。

男の妻が眠る赤ん坊を胸に抱いて、寝床の片側で穏やかに寝ていた。

男は再び言った。

「誰なんだ、わたしをずっと馬鹿にしていたのは」

再び声がした、「それは神だ」。だが男は聞いていなかった。

赤ん坊が夢の中で泣いてその母にしがみついた。

神は命令した、「いいか、馬鹿者よ、おまえは家を捨ててはいけない」。

しかしそれでも男は聞いていなかった。

神は溜息をついて、愚痴《ぐち》を零《こぼ》した。

「わたしの僕《しもべ》は、わたしを見捨てながら、なぜわたしを探し求めるのか」

76

寺院の門前に定期市が立った。

早朝から雨が降り続き、その日は、祭りと市の最終日であった。

群衆の楽しさを全て集めたよりも、もっと輝いていたのは、ひとりの少女の明るい微笑みだった。少女はヤシの葉の笛を、小さな銅貨で買ったのだ。

その笛の鋭い喜びの音は、あらゆる笑い声やざわめきをこえて甲高く響いた。

きりもなく人がやって来て、人々はたがいに押し合った。道は泥濘《ぬかる》み、河は溢れ出し、降り止まぬ雨で、野は一面水浸《みずびた》しになった。

群衆のあらゆる困りごとより、もっと大きな困りごとが、幼い男の子にはあった。男の子は鮮やかに彩色された棒切れが欲しくてならなかったが、ほんのわずかなお金さえ持っていないのだった。

店先をじっと見詰める男の子の諦めきれない目は、人々の集《つど》いをまるごと悲しいものにした。

刊行案内

No. 57

（本案内の価格表示は全て本体価格で
ご検討の際には税を加えてお考え下さい

ご注文はなるべくお近くの書店にお願い致しま
小社への直接ご注文の場合は、著者名・書名・
数および住所・氏名・電話番号をご明記の上、
体価格に税を加えてお送りください。
郵便振替　00130-4-653627 です。
（電話での宅配も承ります）
（年齢枠を超えて柔軟な感受性に訴える
「８歳から８０歳までの子どものための」
読み物にはタイトルに＊を添えました。ご検討
際に、お役立てください）
ISBN コードは 13 桁に対応しております。
総合図書目録

未知谷
Publisher Michitani

〒 101-0064　東京都千代田区神田猿楽町 2-5-9
Tel. 03-5281-3751　Fax. 03-5281-3752
http://www.michitani.com

8歳から80歳までの子どものためのメルヘン

岩田道夫の世界

岩田道夫作品集　ミクロコスモス ＊

生み出した作品は一切他人の目を意識せず、ひたすら自分のためだったと彼は述べた。極めてわずかな機会以外は作品を発表することもなかった。母の従兄佐藤さとる氏に読んでもらう以外はまったくの独学で、夥しい量の時間を、ひとり旭川で創作と勉学と研究に費やした。岩田道夫の美術作品。フルカラー
「彼は天才だよ、作品が残る。生きた証も人柄も全てそこにある。作家はそれでいいんだ。」（佐藤さとる氏による追悼の言葉）

A4判並製 256頁 7273円
978-4-89642-685-4

波のない海＊

あなたは　本棚の中で／書物が自分で位置を換え／ドオデが一冊　ゾラの上へ／攀じ登ったりなにかすることに／お気づきですか？表題作他10篇。

192頁 1900円
978-4-89642-651-9

長靴を穿いたテーブル ＊

──走れテーブル！　言い終わらぬうちにテーブルはおいしいごちそうを全部背中にのせたまま、窓を飛び越え、野原をタッタッと駆け出しました。……（表題作より）全37篇＋ぷねうま画廊ペン画8頁添

200頁 2000円
978-4-89642-641-0

音楽の町のレとミとラ＊

ぼくは丘の上で風景を釣っていました。……えいっとつり糸をひっぱると風景はごっそりはがれてきました。ブーレの町でレとミとラが活躍するシュールな0篇。挿絵36点。

144頁 1500円
978-4-89642-632-8

ファおじさん物語　春と夏 ＊

978-4-89642-603-8 192頁 1800円

ファおじさん物語　秋と冬＊

978-4-89642-604-5 224頁 2000円

誰もが心のどこかに秘めている清らかな部分に直接届くような春夏秋冬のスケッチ、「春と夏」20篇、「秋と冬」18篇。

らあらあらあ　雲の教室 ＊

シュールなエスプリが冴える！　連作掌篇集　全45篇

廊下に出ている椅子は校長先生なの？　苦手なはずの英語しか喋れない？　空から成績の悪い答案で出来た紙飛行機が攻めてくる！　給食のおばさんの鼻歌がいろんな音に繋がって、教室では皆が「らあらあらあ」と笑い出し……

192頁 2000円
978-4-89642-611-3

ふくふくふくシリーズ　フルカラー64頁　各1000円

ふくふくふく　**水たまり＊**　978-4-89642-595-6

ふくふくふく　**影の散歩＊**　978-4-89642-596-3

ふくふくふく　**不思議の犬＊**　978-4-89642-597-0

ふくふく　犬くん　きみは一体何なんだい？　ボクは　ほんとはきっと　風かなにかだと思うよ

イーム・ノームと森の仲間たち ＊

128頁 1500円　978-4-89642-584-0

イーム・ノームはすぐれた友だちのザザ・ラパンと恥ずかしがり屋のミーメ嬢、そして森の仲間たちと毎日楽しく暮らしています。イームはなにしろ忘れっぽいので　お話しできるのはここに書き記した９つの物語だけです。「友を愛し、善良であれ」という言葉を作者は大切にしていました。読者のみなさんもこの物語をきっと楽しんでくださることと思います。

77

西の方からやって来た煉瓦職人とその妻は、煉瓦を焼く窯を作ろうと、土を掘るのに忙しい。

夫婦の小さな娘は、河辺りの船着き場へ行って鍋や食器を洗い、磨いて擦《こす》ってはきりのない仕事に精を出す。

小さな娘には丸坊主の幼い弟がいて、褐色の肌は丸裸で、手足は泥だらけだ。弟は姉の後を追って来るが、姉の言いつけを守って土手の上で辛抱強く待っている。

小さな娘は、水を満たした水甕《みずがめ》を頭上に抱えて家へ戻る。左手に磨き上げた真鍮の器をぶらさげ、右手で幼い弟を支えてやる。娘は母の小さな召使いとして、こまごまとした家事を律儀にこなす。


ある日のこと、この裸ん坊が両足を投げ出して坐っているのがわたしの目に入った。

姉は水際で、一握りの土を手に、湯呑をぐるぐる回しながら擦っていた。

ほど近いところに柔らかい毛の子羊がいて、草を食《は》んでいた。

子羊は幼い弟のすぐ傍まで来ると、突然メェーと大きな鳴き声をあげた。弟は飛び上がって泣いた。

すると娘は、磨いていた湯呑を放り出して土手を駆け上がった。片腕に幼い弟を、もう一方の腕に子羊を抱いて、娘はどちらにも優しい愛撫を等しく分け与えた。動物と人の子は、愛の絆で結ばれた。

78

五月だった。暑苦しい昼は、まるで終わりがないみたいに長かった。乾燥した大地は、熱暑に水を涸らして大きく罅割《ひびわ》れていた。

河の方から呼び声が聞こえた。「おいで、ぼくの可愛い子」

わたしは本を閉じると、窓を開けて外を見た。

表皮に泥をこびりつけた巨大な水牛が一頭、落ち着き払った忍耐強い目をして、河の近くに佇んでいた。ひとりの若者が膝まで水に浸《つ》かりながら、水牛を水浴びに呼んでいるのだった。

わたしは思わず微笑《ほほえ》み、楽しくなって、わが心は甘美なひとふれに満たされた。

79

人間と、心があっても語る言葉を持たない動物との、たがいに認め合う境い目はどこにあるのかしらと、わたしはしばしば不思議に思う。

遥かに遠い昔、創造の夜明けに原始の楽園が、たがいに心を通わせる単純な小道を繋《つな》げたのではないかしら。

その血の繋がりはとうの昔に忘れ去られたが、弛《たゆ》まぬ足取りは消えることがなかった。

今なお突然、言葉のない音のなかに幽《かす》かな記憶が目を覚まし、思い遣りのこもった信頼で動物が人間の顔をじっと見詰め、人間もまた喜びと愛情を込めてその目を見詰め返す。

それは、仮面を冠《かぶ》って出会い、その変装のなかで朧《おぼろ》げに分かり合って行く友達同士を思わせる。

80

美しい女性よ、あなたはその一瞥《いちべつ》で、詩人たちの竪琴から響き出す歌の富を全て奪ってしまうかのようだ。

けれど、そんな賞讃などあなたの耳には届かない、そこでぼくがあなたを称えよう。

世界の最も誇り高き頭脳でさえも、あなたの前に頭を垂れる。

だのにあなたは名もなき人々を愛して崇《あが》め、ぼくはそれゆえにあなたを崇める。

あなたの完璧な両腕が触れると、王の威厳には更なる誉れが輝く。

だのにあなたはその手で塵埃を掃き、あなたの粗末な家を綺麗にする、
ゆえにぼくは畏敬の念にうたれるのだ。

81

おまえはなぜ弱々しく、ぼくの耳に囁くのか、死よ、ぼくの死よ。
夕べに花が萎《しお》れ、家畜が小屋に戻るとき、おまえは密かに傍《そば》に来て、ぼくの理解しない言葉
を語る。
こうして、眠りを誘う呟きと冷たい口付けの麻薬で言い寄って、ぼくを勝ち取らねばならぬ
のか。

ぼくらの結ぼれに誇らしい結婚式*はないのか。
おまえの褐色の蓬髪を花輪で結《ゆわ》えないのか。
おまえの前を行く旗持ちはいないのか、夜はおまえの赤々と燃える松明の火で照らされない
のか、死よ、ぼくの死よ。

おまえの法螺貝を響かせて来るがいい、眠りのない夜に来るがいい。
深紅の衣でぼくを装わせ、ぼくの手を引いて連れて行け。

おまえの馬車をわが戸口に待たせよ、馬たちはそわそわして嘶《いなな》くだろう。
ぼくのベールを掲げて、誇らしくぼくの顔を見よ、死よ、ぼくの死よ。

＊ 詩人は死を、結ぼれと捉え、自身を死のもとに嫁ぐ花嫁と想定する。ベンガル語による原詩の題名は「死との結婚」である。

82

今夜は、ぼくらの死の戯れだ、ぼくの花嫁[*1]とぼくとの。

夜は黒く、空を覆う雲は気紛《きまぐ》れに急変し、海の波は荒れ狂っている。

ぼくらは夢の寝床を離れ、勢いよく扉を開けて外へ出た。

ぼくらはブランコ[*2]にのる、背後から嵐の烈しい風が押してくる。

花嫁は恐ろしさと喜びに震え、ぼくの胸にしがみつく。

長い間、ぼくは彼女に優しく振る舞った。花の寝床を拵《こしら》え、彼女の目を粗野な光から守ろうと扉を閉めた。

ぼくはそっと口付けをして耳に低く囁《ささや》き、彼女はなかば意識を失った。

彼女は、淡《あわ》く甘い、果てしない霧のなかに迷い込んだ。

ぼくが触れても歌をうたっても、起き上がるふうもなかった。

今夜、荒野からぼくらに烈しい嵐の呼び掛けがあった。

花嫁は身震いしながら立ち上がり、ぼくの手を握り締めて外へ出た。

風に彼女の髪は飛び、ベールがはためいて、胸の花輪がかさかさ鳴った。

死のひと押しが、彼女を生《いのち》の方へと押しやったのだ。
ぼくらは顔と顔、心と心で向かい合う、ぼくの花嫁とぼくは。

＊1　詩篇81も参照されたい。「花嫁」は身体、あるいは身体を巡る生命力とも推測される。「花嫁」は、ベンガル語の原詩では「生命」となっている。
＊2　ベンガル語詩集ではこの詩に「ブランコ」という題名がつけられている。

83

彼女は、丘のトウモロコシ畑の傍《そば》に住んでいた。近くに泉があり、そこから古代の厳かな樹々の陰をぬって、小川が軽やかに流れていた。女たちは泉に水を汲《く》みに来た。旅人たちはそこに腰を下ろして休み、語り合った。彼女は毎日のように、さらさらと流れる水の音に合わせて働き、夢を見たりした。

とある夕暮れどき、雲に隠れた山頂から、見知らぬ人が降りて来た。頭髪は微睡《まどろ》む蛇そっくりに絡み合って縺《もつ》れていた。わたしたちは驚いて問うた。「あなたはどなたですか」

彼は何も答えず、さざめき流れる小川の傍に坐ると、無言のまま、彼女が住む小屋を見詰めた。わたしたちは恐ろしさにおろおろして、夜は家へ戻った。

次の日の朝、女たちがヒマラヤ杉の泉に水を汲みに来ると、彼女の小屋の扉は開いたままだった。すでに声も、あの微笑みもなかった。空っぽの水甕《みずがめ》が床にころがり、ランプは片隅で燃え尽きていた。

夜が明ける前にどこへ行ってしまったのか、誰ひとり知るものはいなかった。見知らぬ人の姿も消えていた。

五月になって日差しが強くなり、雪は融《と》けて消えた。わたしたちは泉の傍に坐って泣き、心のうちで気遣った。

「彼女が行ってしまった先に、泉はあるのだろうか、こんなに暑い日はどこで水甕を満たすのか」

わたしたちは怯《おび》えて言い合った。「山の向こう側にも土地があるのだろうか」

夏の夜だった。南から微風《そよかぜ》が吹いていた。わたしは彼女が住んでいた荒れ果てた部屋に、灯りもなく坐っていた。すると突然、目の前から山の連なりが消えた、ふいに幕が引かれたかのように。

「こちらへ来るのは彼女だ。達者でいるの。幸せかい。だが、遮《さえぎ》るもののない空の下では避難所もない。それにここには喉の渇きを和《やわ》らげる、わたしたちの泉もない」

「ここには同じ空があります」と彼女は言った。「空を隔てる山々がここにはないだけです、同じ流れが河となり、同じ大地が平原となって広がっています」

わたしは溜息をついた。「ではここには何でもあるんだね。わたしたちがいないだけで」

すると彼女は悲しそうに微笑《ほほえ》んで告げた。「あなたがたはわたしの心のなかにいます」

そのときわたしは目が覚めて、夜の、さらさら流れる水音と、ヒマラヤ杉のざわめきを聞いた。

84

緑と黄色の稲田の上を秋雲の影が走り、それを太陽が足早に追い掛ける。

蜜蜂は蜜を吸うのも忘れ、光に酔ってぶんぶん唸《うな》りながら飛び廻る。

河の中州に鴨が群れて、わけもなく騒ぎ立てる。

さあ、きみたちみんな、今朝は家に戻らないで、仕事を放っておこうよ。

ぼくらは青い空を嵐で摑まえて、そしてどこまでも走って無限の空間を奪い取るんだ。

溢れる河に浮き出す水泡のように、笑い声が空に広がる。

さあ、きみたち、役に立たない歌をうたって、ぼくらの朝を無為に過ごそうじゃないか。

85

あなたは誰ですか。今から百年後にわたしの詩を読んでいるあなたは。

この豊かな春の富から花一輪も、彼方《かなた》の雲に浮かぶ一筋の金色の輝きも、わたしはあなたに贈ることができません。

あなたの扉を開いて外を見てください。

花の咲き匂うあなたの庭から、百年前に消え去った花々の香り高い記憶を集めてください。

かつて生きる喜びが春の朝をうたった、その声が、百年の時を超えてあなたに届いて、あなたが心の喜びのままに感じ取ってくださいますように。

＊　この詩はベンガル暦一三〇二年ファルグン月二日（西暦一八九六年二月中旬）に作られた。ベンガル語の原詩には「一四〇〇年」という題名が与えられていて、これは西洋暦で一九九三年か一九九四年に当たる。

散文詩篇索引

『庭師』と『ギーターンジャリ』をめぐって　訳者あとがきに代えて

ラビンドラナート・タゴール英語散文詩集『庭師』の原題は The Gardener で、一九一三年十月に英国で出版された。

『庭師』は、著者による「序文」にあるように『ギーターンジャリ』以前に著した数冊のベンガル語詩集から詩人自身が英訳して編んだ「愛と人生をつづる抒情詩」詩選集である。この英語散文詩集は、前年出版された『ギーターンジャリ』に序文を寄せたアイルランドの詩人ウィリアム・バトラー・イェイツに捧げられている。インドとアイルランドの、あたかも東洋と西洋を代表するかのような、この二人の詩人については後述する。

主たるテキストとして訳者は、長く手許にあって愛読してきた英国マクミラン社のインド版 The Gardener を使用した。最近では無料のオンライン図書館として知られる WIKISOURCE で英語原文を読むことができる。

原詩は詩人の母語ベンガル語で作られた詩篇で、ベンガル語詩集『黄金の小舟』（一八九四年）、

『絵のようなひと』『チョイットロ月の贈り物』（一八九六年）、『想像』『束の間のもの』（一九〇〇年）などから全八十五詩篇が択ばれている。

詩篇はそのほとんどが、パドマ河流域の農村地帯シライドホ（現在バングラデシュ）にて作られたもので、ベンガル語本の出版年からおのずと明らかなように、これらは三十代の約十年間にわたる、初期の代表的作品群である。


パドマ河畔のシライドホにはタゴール家の領地のひとつがあった。結婚して家庭をもった詩人は領地の管理を父に命じられ、大都市カルカッタ（現在コルカタ）を遠く離れて、その辺鄙な農村地帯で暮らすようになる。パドマ河畔の、このシライドホでの生活は、若き詩人に計り知れないほどの大きな影響を与えた。

大自然の織りなす光と影、貧しい農民たちの暮らしや信仰、人びとの純粋な心情に、詩人は心の奥底から共振したのである。タゴールは詩人らしい直感と閃きによって、その地で新たな創造的思考をも得た。それは生命の実感と呼ぶべきものであったにちがいない。

つまりタゴールは、ただのザミーンダール（大土地所有者、ベンガル語でジョミダル）ではなかったのである。農村の人びとと親しく心を通わせ、その地の人びとの暮らしを愛し、農村の貧しさとその窮状に深い理解をしめした。こうして世界の複雑な美しさというものが詩人の作品にいっそうの輝きを放ちはじめたのである。

英語散文詩集『庭師』に収録されることになったベンガル語詩のかずかずは、その体験のうちに生まれた。ここには三十代の若き詩人が見たベンガルの遠い村の暮らしが細やかに、そして活き活きとうたい上げられている。

詩人はその後、一九〇一年に、シャンティニケトン（現在インド西ベンガル州ビルブム県）で小さな学校を始めた。詳細は省くが、この小さな学校は後年、インドの国立大学ヴィッショ・バロティへと発展する。

小さな学校を始めて間もない一九〇三年頃から、ベンガル分割統治政策が強行にすすめられ、この統治政策はついに一九〇五年に実施されることになった。人びとは烈しく反対し、タゴールも声を上げた。詩人は自ら歌をつくり、自らうたいながら民衆とともに歩いたのであった。「タゴールのスワデーシー歌」は今なおうたわれつづけている。

スワデーシーとは自立する国という意味で、歌は言うなれば、パトリオティック・ソングでありプロテスト・ソングなのである。歌の主旋律には、ベンガルの歌びとバウルの、シンプルで力強い伝承旋律がもちいられている。ご関心あれば、拙訳の『わが黄金のベンガルよ』（二〇一四年、未知谷）をご参照いただければと思う。

それではここで、『庭師』に献辞が記されているウィリアム・バトラー・イェイツの話題を取り上げることにしよう。

タゴール詩集の金字塔とも称される、ベンガル語詩集『ギーターンジャリ（ベンガル語でギタンジョリ）』は一九一〇年の雨季に出版されたが、しばらくして詩人はそれを英訳しようと考えはじめる。最初それは単なる思い付きだったかもしれないが、『ギタンジョリ』を読みかえすことは、あらためて詩人に深い喜びをもたらした。

さて、一九一二年五月末、タゴールは英国への旅に出立する。ロンドンに到着すると旧知のウィリアム・ローセンスタインに会い、携えた英訳草稿 Song Offerings（歌の捧げもの、ギーターンジャリ）を手渡す。その草稿を読んだひとりがアイルランドの詩人イェイツであった。名も知らない東洋の詩人の詩を読んだイェイツは、その詩篇にたちまち心を奪われた。その感動は、Song Offerings 収録の、イェイツによる情熱的な序文で知ることができる。こうした経緯のもとで Song Offerings は同年十一月に英国で初版限定出版されたのであった。このとき東洋からやって来た、無名のインド詩人の詩集出版に惜しみない協力と貢献をしたのが、ロンドンに拠点をもつインド協会 India Society である。主だったメンバーにはE・B・ハヴェル、ローセンスタイン、イェイツ、スタージ・ムーアほかがいて、あまり時をおかずにボストン美術館アジア部長になる古代インド文化史の若き研究者A・K・クーマラスワミーもいた。インド協会には美術家や画家、収集家、詩人、歴史学者らが名を連ねていた。

タゴールとイェイツの出あいについては、ベンガル語詩集原典と同時に英訳詩集、そしてイェイツによる序文収録の、完訳本『ギーターンジャリ』（拙訳、二〇一九年、未知谷）の「訳者あとがき」

をお読みいただきたい。

ところで The Gardener『庭師』は、一九一二年の英訳散文詩集 Song Offerings『歌の捧げもの』につづく二番目のタゴール英訳散文詩集となるのだが、『庭師』には詩人イェイツへの献辞があることは既に述べた。献辞はもちろん、Song Offerings に寄せられたイェイツの序文への感謝の表明であったであろうが、それだけではなかった。

想像をたくましくするなら、一冊の散文詩集 Song Offerings で知られるようになったとは言うものの、西洋にとってタゴールはいまだ謎めいた詩人のひとりに過ぎなかったし、それをだれよりも感じていたのが詩人自身で、もっと理解してもらいたいという心からの願いがあった。

たしかに Song Offerings に寄せられたイェイツの序文は情熱的だが、その熱い思いのあまりイェイツは、英語本における詩篇順序の構成に影響を与えたという指摘もある。タゴールの手書きの草稿がどのようなものであったか明らかではないが、事実、英訳詩篇は完全にシャッフルされており、これは議論の余地もなく一目瞭然である。原典のベンガル語詩集『ギーターンジャリ』と英訳本の詩篇番号は一致せず、つまりバラバラなのだ。

また、ベンガル語原文には詩作の日と場所が記されていて、限りなきものへの憧憬と、そこへ近づこうとする精進と努力の道程さえおのずと感じられるが、それが英訳詩集ではすっかり消えてしまった。

おそらくタゴール自身、満たされない思いもあったであろう。英語散文詩集 Song Offerings を追うかのように、一年足らずのうちに英語散文詩集 The Gardener が出版されたわけだが、じっさい『庭師』の詩篇順序には自然なまとまりがあり、そこに工夫も感じられるのである。

こうして一九一二年から一三年にかけてタゴールは、詩人イェイツや美術家スタージ・ムーアと親しく交流した。スタージ・ムーアはタゴールのために The Crescent Moon の美しい表紙デザインを考案している。夜空に浮かぶ揺りかごに幼子が眠るという、この神秘的で美しい作品は、拙訳『三日月』（未知谷）の表紙でご覧になった方もいらっしゃると思う。

じっさい『庭師』出版の翌月、十一月になってからノーベル文学賞授賞の報せがシャンティニケトンの詩人にもたらされた。ここに『庭師』のになう運命的使命のようなものも思われてくる。この『庭師』出版により、『歌の捧げもの、ギーターンジャリ』のノーベル賞授賞が確実なものになったと訳者は想像するのである。

ところでタゴールは、神秘家による詩と称されるのが全くもって不本意だったらしい。ノーベル賞受賞の翌年一九一四年二月、スタージ・ムーアへの手紙で詩人自身の考えを伝えているので、その部分を引用する。

批評家たちはわたしの詩を神秘家による作品という枠で括ろうとしています。だが詩人は誰でも無限を意識しているものです。詩人たちは、自身が無限ではないということに痛切な感覚をもっていて、その意識が詩人ひとりひとりに個性をあたえるのです。何について思いをめぐらせるのかではなく、何を明確に見るのか、そのことで詩人たちは分類されなければなりません。

最後に、『庭師』の「愛と人生をつづる」詩篇に欧州の作曲家たちが魅了され、美しい曲をつくっていることを記しておこう。フランコ・アルファーノ（イタリア）、アレクサンダー・ツェムリンスキー（オーストリア）、イッポリトフ・イヴァノフ（ロシア）、そして英国のフランク・ブリッジらが知られる。

二〇二三年十二月

内山眞理子

Rabindranath Tagore

(1861-1941)

英国統治下のインド・コルカタに生まれる。1913 年、英語散文詩集『ギーターンジャリ 歌の捧げもの』によりノーベル文学賞を受賞。欧州以外で初のノーベル賞受賞であった。神秘的で純粋な詩精神にあふれ、愛と情熱のほとばしる詩や歌を母語ベンガル語で数多くあらわす。80 年余の生涯をつうじてインドは苦難と混沌の時代にあり、人びとが真に自立の精神に覚醒することをねがった。

真実をもとめ理性にもとづいて果敢に行動する詩人であったことは重要である。人間の尊厳への透徹した眼差しをもち、きわめて知的で普遍的なヒューマニストであった。しばしばヒューマニズムの唱道者とも呼ばれる。

第一義的に詩人であり、同時に音楽家であった。ベンガルの村を遍歴するバウルの歌を愛し、歌はベンガルの心を代表すると考えて、その伝承旋律をしばしば自作歌にもちいた。インドとバングラデシュ両国の国歌はタゴールの作詩作曲である。

ベンガル語による詩集に『マノシ（心のひと）』『黄金の小舟』『束の間のもの』『渡し舟』『おさなご』『ギタンジョリ（ギーターンジャリ）』『渡り飛ぶ白鳥』『木の葉の皿』『シャナイ笛』など。小説に『ゴーラ』『家と世界』『最後の詩』『四つの章』ほか。多くの戯曲や舞踊劇があり、二千曲ともいわれる詩人の歌を集めた『歌詞集』がある。

注目すべき英語講演集に『サーダナー（生の実現）』（1912 ～ 13 年米国での講演）と『人間の宗教』（1930 年英国オックスフォード大学での連続講演）がある。

うちやま まりこ

インド西ベンガル州シャンティニケトンにあるタゴールの大学ビッショ・バロティ Visva-Bharati 哲学研究科にてタゴールの思想を学ぶ。ベンガル語からのタゴール作品翻訳書として『もっとほんとうのこと』（段々社）、『ベンガルの苦行者』『お母さま』『わが黄金のベンガルよ』『ギーターンジャリ』（いずれも未知谷）、英語からの翻訳書に『迷い鳥たち』『三日月』（未知谷）ほか。著書にベンガルの吟遊詩人バウルを紹介した歌紀行『ベンガル夜想曲（愛の歌のありかへ）』（柘植書房新社）がある。

散文詩集　庭師

2024年 1 月30日初版印刷
2024年 2 月15日初版発行

著者　ラビンドラナート・タゴール
訳者　内山眞理子
発行者　飯島徹
発行所　未知谷
東京都千代田区神田猿楽町 2-5-9　〒 101-0064
Tel. 03-5281-3751 / Fax. 03-5281-3752
［振替］ 00130-4-653627

組版　柏木薫
印刷所　モリモト印刷
製本所　牧製本

Publisher Michitani Co, Ltd., Tokyo
Printed in Japan
ISBN 978-4-89642-718-9　C0098

ラビンドラナート・タゴール
内山眞理子 訳・解説

ベンガルの苦行者
ミミ・ラダクリシュナン絵

978-4-89642-166-8
A5判総カラー56頁2000円

若き苦行者と焚き木ひろいの娘、修行成就の果てに苦行者が求めたのは——詩聖タゴールの寓話詩の新訳とベンガルの女流画家の描き下ろしによるオリジナル絵本。アジア初ノーベル文学賞受賞詩人による透明感溢れる森の物語。

迷い鳥たち
Stray Birds

978-4-89642-242-9
128頁1800円

1916年、アジア人初のノーベル賞受賞詩人の訪問を日本は熱烈に迎え、横浜・三渓園の窓に訪れた鳥たちに誘われて、詩人は短くも美しい詩を書いた。ささやかでシンプルな珠玉の言葉。インドの詩聖、短詩326篇の新訳。

お母さま

978-4-89642-330-3
160頁2000円

５児を遺して妻が世を去った翌年に、母を亡くした子らのために書かれた詩集『おさなご』と、その続編とも考えられる『童子ボラナート』から、その作品の奥深く、澄んだ泉のように存在する母なるものを主題に編まれた母への讃歌集。

わが黄金のベンガルよ

978-4-89642-445-4
128頁1800円

インドの詩聖と称されるノーベル賞受賞詩人による歌詩集。インドやバングラデシュの国歌となって人々に親しまれている母なる大地への思い、あふれる感謝を歌う。「国は人間が創造したもの、人間の心によってできています…」

ギーターンジャリ

978-4-89642-593-2
320頁3000円

アジアで初めてノーベル文学賞を受賞した「歌の捧げもの」完全版。タゴール自身による二種類の『ギーターンジャリ』。ベンガル語本（韻文157篇）と英語本（イェイツ序文、散文、103篇）それぞれを原語から完訳、全篇収録。

三日月
The Crescent Moon

978-4-89642-650-2
96頁1200円

数々の別れの悲しみと痛みを、かぎりなく繊細にうたったベンガル語詩集『おさなご』(1909年)。1912年、詩人はロンドンを訪問、翌年『おさなご』から40篇を自ら選んで英訳し、『三日月』として出版した。幼き子を祝福する比類ない独創性。

未知谷